孤独的孩子
提着易碎的灯笼

短痛 / 著

北京联合出版公司
Beijing United Publishing Co.,Ltd

图书在版编目（CIP）数据

孤独的孩子，提着易碎的灯笼 / 短痛著 . —— 北京：北京联合出版公司，2015.12

ISBN 978-7-5502-6506-6

Ⅰ . ①孤… Ⅱ . ①短… Ⅲ . ①短篇小说 – 小说集 – 中国 – 当代 Ⅳ . ① I247.7

中国版本图书馆 CIP 数据核字 (2015) 第 252314 号

孤独的孩子，提着易碎的灯笼

作　　者：短　痛

责任编辑：王　巍

策　划　人：严小额

特约编辑：黄川川

北京联合出版公司出版

（北京市西城区德外大街 83 号楼 9 层　　100088）

北京文昌阁彩色印刷有限责任公司印刷　　新华书店经销

字数：159 千字　　710 毫米 ×1000 毫米　1/32　　印张：9.5

2016 年 1 月第 1 版　　2016 年 1 月第 1 次印刷

ISBN：978-7-5502-6506-6

定价：36.00 元

我为什么要写作——快马青春，刀下留人

一

也许这是我唯一能与这个世界好好说话的方式。

童年，因为患有耳疾，在很长一段时间里，听力时好时坏，与人聊天时，听不清对方在说什么的情况时有发生，发生的次数越多，就越慌张，越自卑，越不愿与人发生对话。但表达与交流的欲望随着年纪的增长愈发强烈，所以更多时候我是一个人捂着耳朵在卧室里与自己聊天，我想，这大概就是生而为人的本能。

经过治疗，听力好转，但这样自我对话的习惯留了下来。入学以后，我时常在去往学校的路上跟自己聊天。与自己聊天，听起来有些荒唐与神经质，但我猜，这确实是我写作的起点。

　　我生活里的自我对话，并非是类似于精神分裂的那种分为 AB 两个人格的对话模式。而是自己幻想出一个听众，然后开始一场松散又漫无目的的闲谈。我说，他听。听众的对象可以是平日生活里因羞于表达而难以掏心窝说话的亲人长辈，也可以是关系密切却志向不同的好友，甚至可以是只匆匆打过一个照面的陌生人。

　　这样私人又荒谬的心理游戏，陪伴了我整个少年时代。

　　因为这是我当时唯一能与这个世界好好说话的方式。

二

可写作到底是什么呢？

1.

对我而言，写作是茶。

能消化生活中的油腻，能融化记忆里的酸涩，更能解人性的渴。

不同时期的不同写作过程就是不同种类的茶。

有些茶，香而顺口，一饮而尽，神清气爽，提神解乏。

而有些茶，浓而苦涩，要慢慢尝，几口之后，才会明白，苦也
值得。

2.

写作是镜。

写作是全身镜，可自恋，也可自省。听起来可有可无，但试想镜
子消失了，每个人都无法知道自己的模样与身形，似乎就难以找到自
我对照的准确坐标了。

写作是显微镜，是对记忆的一直辨认。在回忆与回忆的延伸里，不经意地拾起一粒腐烂到几乎无法辨认种类的果子，剥下果肉留下种子，把种子埋进故事里，仔细地培养，耐心地观察，直至这个种子生根发芽，枝繁叶茂，回头再看一眼这个大树的全貌时才想起某年某月我们也曾在树下谈笑乘凉。

回到一开始，写作对我而言就是一种自我梳理、自我探索的过程。

有些作家说，写作是一种自我治疗。我不确定他人是如何治疗的，反正我是哪儿痛就打哪儿。对我来说，写作就像是一个按摩正骨的盲人师傅，在一片黑暗里，按准痛点，一记下去，反复几次，瘀血散了，错位的关节正了，气也就顺了。

每个时期，都有每个时期不同的痛点，
二三十岁肆意享受着快马青春，
四五十岁只想喊一句"刀下留人"。

短痛

目录

孤独的孩子，
提着易碎的灯笼

所谓的长大，只有两种。

一种是模仿大人，是快获得认同感。

另一种是累了。

而我，

错了累了。

1.

我们总错以为未来是条看不到尽头的路，其实回忆才是。

而活着就是走上了一条不断创造记忆又不断修正记忆最终留下虚假记忆的路。

我猜我的诞生大概就是人类的一个玩笑，我无法正确地维系人与人之间的关系，无法从某种关系里对照出本该属于我的存在坐标，在我还年幼的时候就能感受到某种奇异的恐慌感。我害怕父母的笑声与沉默，甚至只是最平常的谈话，我都能从只言片语里找到他们细微表情背后的真实意味。

我也渴望过家人和乐的情景，彼此之间没有隔阂与讥讽，没有期望与失望。但这样的想法在我长大成人以前就破碎了，不知道是从什么时候开始我无比害怕家人开门与关门的声响。开门的那一瞬间，钥匙插进钥匙孔的细微动作会导致我整个世界的动荡，内心无法安宁，我知道一顿或沉默或带着讥讽笑声的晚餐又要开始了。那像是一个永无止境的深渊。当然，这种深渊并不是无底洞，只要我的父亲酒足饭饱，离开餐桌，我的心就会安定下来。我用最快的速度吃完碗里的饭菜，或是趁父亲上厕所或转身回房抽烟的间隙偷偷把饭菜倒掉，这种行为让我有一种堪比死亡的快感。但其实死亡的快感又是什么呢？对于死亡我一无所知。

关门的瞬间更是异常可怕，关门声响的大小，决定了我这一天的情绪。声音太小，我会觉得父母是冷漠而失望的；声音太大，我会觉得他们关门的动作里跳动着愤怒与蔑视。我的整个童年都是通过关门声音的大小来与我本该最亲密的家人沟通的。

2.

我从来都不会接电话。

我不记得这个习惯是从什么时候开始的。总之，我无法接听任何电话，而且很少会开启响铃模式，大多数时候我的手机是完全静音的。有时候看见手机屏幕亮了，我的心就开始惶恐不安，就好像自己是欠了千百万的高利贷，无法偿还且性命堪忧的潦倒中年大叔。

通常，我会默默地把手机放在一边，如果是在公共场合我会若无其事地将它放回口袋里。我身边的朋友都熟知我这种近乎病态的习惯。所以无关紧要的事情都不会打电话，有急事会先发几条信息告知需要沟通的内容或所办事项。陌生号码是断然不会接听的。但我偶尔会回拨，我像是一个窃听者一样在电话这一头小心翼翼地发出最浅的呼吸声，等待对方说一声"喂"然后就立刻挂断。那像是一种奇妙的游戏，一种终于鼓起勇气打扰别人的冒险旅程。

没错，对我来说，打扰别人是需要勇气的。

据说，在我刚上小学的时候，父亲在外混得风生水起，夜夜笙歌。很快，我的母亲就成为了全职主妇，每天她与父亲的联系都建立在打电话询问他是否回来一起吃晚餐这件小事上，但换来的多数回答都是极其不客气的"你真烦""不回来""在谈事"之类的固定答案。久而久之，母亲决定改变策略，电话由我来打，母亲以为，父亲再如何不耐烦也不至于对一个无辜的孩子乱发一通没有缘由的火。因此每日晚餐前的问候电话变成了我每天放学后的硬任务。虽然偶尔还是会听到父亲在电话另一头说"我就在家门口啦，快开门啊傻小子"这样充斥着幸福感的回答。但大多数时候我在听筒里接收到的是"你们先吃，晚点儿回来"的冷淡语气。

在那段时间里，我与母亲的关系发生了微妙的变化，我们似乎站到了同一战线，成为了祈祷父亲大人早些回家的同盟军，但那样的关系只出现了短暂的一阵子，可害怕电话声、拒绝接听电话这种怪异的行为却成了我一辈子的习惯，或者用"条件反射"来形容更加准确。

3.

　　五岁的时候，母亲带我去电视台面试。当时电视台正在招收一批要在电视里唱歌、跳舞、做游戏的儿童。母亲显然对自己的基因很有信心，于是连哄带骗地把我送进了面试的房间。电视台的编导和一些工作人员开始上下打量我。不一会儿，我就被工作人员带进了更隐蔽的房间，并且与母亲隔离。编导告诉母亲，需要看看孩子在脱离父母后的表现，若无异常，就可以通过面试。

　　几个男男女女，看了看我，又问了我几个类似于测试智商的问题："你几岁？""是哪里人？""家里总共几个人？"我一律带着礼貌性的微笑回答。之后，其他人都出去了，只留下了一个中年男人继续面试我。他拿起烟盒，摸出一根纸烟，正要点上，看了看我，又无奈地收了起来。

　　"你会什么特别的才艺吗？"他问。

　　"诗歌。"我胸有成竹地答道。

　　他露出虚伪的好奇表情，我能感觉到那表情的背后是深深的轻蔑与讥笑。

　　"那你开始背诗吧。"

　　"叔叔，我不背，我只会表演诗歌。"

显然，我这句话让他颇感意外。

"表演？那就表演吧！"他的声音里出现了一丝真正的好奇，但尾音里仍旧夹杂了低沉的讥笑。

我对他摆了摆手，然后就走出了那个令我不适的房间。

"等等，你给我回来，你怎么就这么走了！"

"我表演完了。"

"你表演的这算是什么啊？！"

"《再别康桥》啊！"

"什么？"

"你看，悄悄的我走了，正如我悄悄的来；我挥一挥衣袖，不带走一片云彩。我挥了衣袖了，然后也没带走云彩，最后我就走了。"我一边说，一边比画着。

那中年男子捧腹大笑。我的效果达到了。我并不想获得进入电视台表演的机会，因为每每在电视机里看见那些脸颊通红，扭扭捏捏，又故作沉稳老练的儿童，我就觉得毛骨悚然。

那绝不是我要的！那也绝不是我能做出来的！我只想逗乐大人，只想用我的巧思扮演一种笨拙，用这种廉价的可笑博得大人的松懈状态。我知道在我这短暂的一生里，这种行为将会被复制无数次，也正是因为这种廉价的能力，才能让我一步一步地走完我的路。

面试结束后，那中年男子在我母亲面前礼貌性地夸了我几句。而我则继续保持孩子该有的微笑，腼腆而天真。

长大以后我才发现，其实成熟老练、狡猾机智都容易模仿，但腼腆和天真的状态最难拿捏，稍有疏忽就会被人一眼看破。

母亲满意地看了看我，摸了摸我的脑袋。我知道，今晚我又可以吃零食了。但其实，我最讨厌的就是零食。在我看来，那是一种类似于诱饵的食物，就好像我是一条等待上钩的鱼，一只快要跳上老鼠夹的老鼠，甚至是动物园里的狗熊，我不喜欢这种奇怪的论功行赏。当然十岁以后，这种诱饵从零食换成了零用钱。我深知钱与食物的巨大差别，不过那都是后话了。

4.

父亲切开刚买的西瓜，分了一半给我。因为是三口之家，人不多，所以总是把西瓜一分为二，然后各自用勺子挖着吃。我总是会把最中间的部分让给大人先吃。父母也常会在亲戚面前夸耀我如何懂事，把最甜的部分让给长辈或同辈的小孩。于是我耳朵里最早听到的成语，就是孔融让梨。可事实上，我最讨厌的水果就是西瓜，这种极甜的水果总是让我无所适从。而且西瓜水分太多，每次吃西瓜，我总会有种在喝糖水的感觉。

我出生后，因体弱多病，总会被灌入一种淡红色的药水。那种药水也是极甜，因此我最讨厌这种极甜的味道。相反，我更爱吃紧贴瓜皮的那一点儿薄薄的瓜瓤。它有种青草香味，而且水分少，纤维感强，入口咀嚼口感极佳，吞咽之后还会有一种神清气爽的微妙感受。

对于那种类似于西瓜汁的淡红色药水，我一直心有愤慨。我怀疑，是不是世界上所有给儿童准备的药都是带有甜味的。如果是，那就真的太令人失望了。大人们自以为是地决定了孩子们偏好的口味，但其实甜味并不是每个孩子都喜欢的吧！

我猜，大人们并不是无法了解孩子们需要什么，只是他们忘记了自己年幼时候的需要。

5.

　　我的成长远比大人们想象的要快得多。其实应该这么说，所有孩子的成长都比大人们想象的要快得多，所有孩子的童年都比大人们的预期更短暂。

　　十岁半的时候，我认识了林震。他比我大，肌肤如雪，睫毛很长，是个开朗的人。在他的眼睛里，好像这个世界是无比美好而丰富的。他说，我进来之后第一眼就看见了你，所以我选择你作为我最好的朋友。我有些狐疑地看着他。

　　他伴我度过了好几年充实的时光。他能说会道，胆大心细，似乎没有他办不到的事情。除了学习以外的一切事情，他都能办得妥妥帖帖。他能折出各种奇怪的纸飞机，而且飞得特别高，特别远。他能翻过各种墙头和栏杆。最后他也终于翻过了我这块"绊脚石"。为什么会这么形容自己呢？在我的意识里，我始终觉得自己不是一个适合被当作朋友的人。我拥有太多的奇怪想法，害人害己。离开我的人都会越来越好，陪伴我的人只会卷进我这个无限膨胀的黑洞里。

　　下课后，他会带我去他家的后院里玩。他说，那里是我们的秘密基地。

　　他有许多木头手枪和剑。院子里有棵枇杷树，但他从来都不准我去摘。每次都要等他摘下来，洗干净以后，才让我伸手拿起来吃。他说，客人就要享受客人的待遇。这是礼貌而有风度的行为。

　　我变成了一个客人，一个被主人认证的客人。

　　来到这个世界的所有人都是客人吧！我们都只是来做一回客，会客时间一结束，一切盛宴与酒水就都会化成最最酸腐的毒药，溶解掉我们的记忆与时间。

　　但总有乐观的人把自己当作世界的主人，热情待客，泰然处之。

　　"这枇杷好吃吗？"他问道。我知道他想得到肯定的答案，所以我不假思索地回答："嗯，挺甜的。"我没有说谎，甜味很浓，只是除了甜味以外并没有扎实的果香。所以，我用"甜"来回答他的问题，并没有用"不好吃"来伤害他。不知道从什么时候开始，我居然不愿意在林震的面前说谎，于是开始了这样一种圆滑世故的表演技法。

　　"我长大了，有了自己的院子，也要种一棵树，到时候还请你吃枇杷。"林震望向枇杷树的顶端。

"一棵树要长很久很久吧，要吃枇杷买不就好了。"我故意引诱他说出他想说的话。

"久一点儿没关系，只要愿意等待，那等待就是值得的。"我就知道他要说这样的大人话，于是我一言不发地专心剥掉枇杷的表皮。糟糕，一些果肉弄到指甲里去了，我反复在衣角擦拭。

"为什么害怕等待？"林震的这句话刺痛了我，让我感觉一下子回到了与父母的关系之中。我等待父母回家，等待他们开门的那一瞬间，等待他们能够在这个萧瑟的屋子里发生带有温度的对话。甚至无须理会我的存在，只要他们彼此之间能够拌嘴打闹，我的心也会觉得暖和而安全。而事实上，我又无时无刻不在等待父母离开家，等待他们关上门，等待确认家中除了自己再无其他人，等待那种无所顾忌、无所期待的踏实感。我疯狂地陷入幻象的轮回里，拼命地往嘴里送枇杷，结果不慎把枇杷核吞入肚里。我一眼扫过林震，生怕被他发现。与此同时，脑子里闪过了大人爱说的果核会在肚子里长成大树的无趣谎话。

6.

对林震的另一个记忆，是在一个寒假的晚上，他把我约到离他家后院不远的地方玩儿。等我到的时候才发现，他在一块空地里生了一堆篝火。火光一闪一闪地打在他的脸上，好看极了。那晚我们学着成人的口吻谈论爱情。可爱情怎么可能用成人的口吻谈论呢？那本来就是稚嫩与天真的最边缘，是世俗与不可亵渎之间易绑难解的绳结。

林震突然像是一个思考宇宙奥义的伟大诗人，一开口就是充满哲学意味的问题。

整个对话是林震开的头，而我开了另一个头。

"你爱过一个人吗？"

"其实爱一个人不过只是爱上了那种'爱一个人'的感觉罢了。"

"爱是一时的感觉？"

"不，爱是感觉，但不是一时旳。"

"会一直？"

"能，它会不停地转换，好的变成生活里的习惯，坏的换来了不耐烦与冷淡。"

"好的习惯呢？"

"好的习惯只会被忽略，被看淡。"

一来一往的对话，林震渴望用他的早熟征服我，只可惜我只是明白了一件事——越是未经世事，越是喜欢表达，表达的内容多是在表达的过程中产生的。

7.

　　我也不清楚爱究竟是什么。谁又能说得清楚呢？就如绿色对有些人来说代表凉爽，但对另一些人来说可能是酸涩，甚至是窘迫。凶猛可以是残忍，也可以是勇敢。

　　所以，我们越长大，语言就越丰富。在这个过程中，我们最想说的话，最真实的内心感受，都被一些精准、精致的词语遮盖住了。并且都懒惰了。这就是为什么女人总是问"你真的爱我吗？""你爱我什么？""你会爱我多久？"的原因吧！我们渐渐忽略了独自领悟的重要性，乐此不疲地开始了堆砌词语的旅程，并且一去不复返。

　　在我看来，最理想的一男一女的对话应该是这样的：
　　"我想待在你身边！"
　　"为什么？"
　　"不知道。"
　　"那我们要待在一起多久？"
　　"先待着，待着待着慢慢就知道了。"

8.

"所以，你爱上了班上的哪个女同学？"

这个问题一问出来，林震就立马被打回原形，变回了原本的年纪，一个稚嫩的少年。或许无论多么老，多么成熟，只要碰到这样的问题，人们还是会露出天真的笑而不语和欲盖弥彰的沉默吧！

这个女同学究竟是谁？我没有追问下去。我想，反正总有一天他会自动露出马脚的，心里装着一个人，这件事是无论如何也掩盖不住的。可我没想到，小学毕业之前林震就转学了，我再也没有机会知道他心里装着的那个人是谁了。

我至今都无法忘记他被问及意中人时变回少年神色的天真窘状。那窘状里有一种莫名的怪异，我不明缘由。

他离开的那年，我刚好学会抽烟与粗口。临走前，他给了我半块五角星，是用五毫米厚的白色塑料板切出来的，他留了半块。他说，等几十年后我们都老了，变了容貌，我们依然可以在茫茫人海里以此相认。

很快，我就失去了他的消息。那块五角星也在数次搬家之后不见了踪影。

9.

十二岁那年，我突然发现，我的指甲盖与指尖之间的缝隙过大，常常会有些细小石子或枯草碎屑钻进去出不来，所以指甲总是会显得很脏。从那以后，我再也不敢吃龙虾之类的东西。但凡是有壳需要用手剥的食物，我总是敬而远之，因为只要剥一两只龙虾，我的指甲缝里就会留下许多异物，运气好是虾黄或酱汁，运气不好就是虾脚或虾壳。

记得许多年以后，我陪着刚确认关系的女友吃完龙虾逛夜市的时候，在昏暗的灯光下被发现指甲缝里的暗黄色，她立马就露出厌恶的表情。我知道她一定以为那是排泄物或者是鼻孔里的排泄物。但其实那只是鲜美的龙虾黄而已。可解释是无用的，这种情况下我只能接受被嫌弃的事实，然后礼貌地微笑着道再见。

我也曾努力地把指甲剪得极短极短，可这样的方法并不奏效，异物只会进入更深的指甲缝里。我并不难过，只是有些懊恼，当然我很快就接受了这样可笑的设定。这只是上帝跟我开的玩笑中一个小小的玩笑而已，我实在没放在心上，也无法将它放在心上，因为我早就明白并接受了我本身就是一个玩笑这个美妙而荒诞的事实。

10.

　　度过笨拙的童年，残酷的青春对我而言，开始游刃有余。

　　我盲目而忙碌地陷入各种怪恋里。从姐弟恋到师生恋，我乱步而行。

　　我抢了哥哥的心头肉。哥哥是我伯父的儿子，大我七岁。他喜欢上了一个邻居家的小妹妹，小妹妹小他两岁。这个小他两岁的妹妹成了我最爱的姐姐。那年暑假，我的父母都染上了红眼病，为了不传染给我，于是把我寄养在伯父家里。那年我十五岁半，哥哥二十二岁，哥哥的心头肉二十岁。

　　伯父伯母白天都不在家，这让我很自由。

　　我自小就异常怀疑亲属之间的关系，看似有各种或深或浅的血脉渊源，大家笑脸迎人却又各怀鬼胎，斤斤计较却又表现得相亲相爱。所谓的一大家人，在心里似乎永远都见不得他人越来越好，只盼对方活得艰难，然后再露出一副同情而又充满情谊的表情。在不伤及自己利益的情况下，偶尔也会假扮圣人出谋划策，可一旦提到借钱又面露难色。

　　我常常在各种家庭聚会里，冷漠地看着大人之间的各种虚假恭维与畸形的笑容，酒杯与碗筷之间来回穿梭着各种暗箭。而我也常会偷偷地怀疑，如果我们的父辈都离世了，那么剩下来的这些独生子女，大概一年都不会联系几次了吧！

那个暑假，哥哥总约心头肉出去郊游或看电影。而他们每次出去都必须带上我，这是伯父交代的硬性任务。哥哥在各项活动里都扮演了跑腿的角色，买冰淇淋、饮料、小零食、太阳伞、一次性照相机、小风筝、小挂件等，这一切都是为了哄心头肉开心，也为了堵住我这张乱言的嘴。这也就造成了我与心头肉姐姐时常能单独相处的机会。我故作沉默，等着心头肉姐姐打破沉默。她努力陪我聊一些孩子的话题，可十五岁正值青春期的男生从来都是自以为自己是大人的。

而我，真的早就成为一个大人了。我小学六年级那年就已经有了第一次遗精的经历。那次梦遗醒来之后，我并不慌张讶异，呆坐了一会儿就开始换掉内裤，并用热毛巾擦拭自己的下半身。其实，为这次遗精我早就做好了一切准备，找掌握了大量的男性与女性生长过程中的基础知识，我几乎扫荡了图书馆里所有讲到生理知识的书籍。而这一系列的变化，所有人都并不知道。

"你在班上有小女朋友吗？"心头肉姐姐问。

"没有。"我说。

"就没有喜欢的吗？还是说不想告诉我？"

"真没有。那姐姐你有吗？"

"也没有。"

"真巧，我们都没有喜欢的人。"

　　好像哥哥姐姐辈的人总喜欢问弟弟妹妹在学校里的小情事，好像只有探听了彼此的情爱心事才能成为心灵密友。但我猜，真正的原因是他们想证明自己也曾年轻过吧！那些柠檬时期里发生的故事也会无一例外地发生在下一代的孩子身上。如果问到了可爱情事，他们就会乐此不疲地继续追问，甚至扮演起令人哑然失笑的青春导师；如果没有问到结果，他们也会沾沾自喜地说，青春期的孩子就是喜欢保守属于自己的秘密，我也年轻过，我明白的。

11.

哥哥在暑假结束前跟心头肉告白了。

心头肉姐姐说，大学毕业后再说吧，大学期间她还想兼职做家教，没空谈恋爱。

一年后，心头肉姐姐成了我的家教老师，负责辅导我的英文。

从此，我开始叫她肖老师。她全名叫肖青青。

时间久了，我就叫成了"小老师"，她倒也乐意接受。

在她成为我的老师后的很长一段时间里，我们时常混在图书馆里，她会捧着一摞英文小说砸在我面前。

"你今天看这本！"她一脸的大人模样。

"这书我可看不懂！"我盯着扉页扫了几眼。

"废话，看不懂才要看。天天练习1+1=2能有什么进步！"

"那这些英文原版小说你都能看得懂？"我狐疑地问。

"废话！"她的眼神里闪过一丝不确定。

"嗯？"我再次加强狐疑的语气。

"废什么话！没看见我带了电子词典么！"她说着说着，笑了出来。

表面上，她是我的英文老师，但其实我们是在共同进步。

不同的是，我是从小学水平向高中水平进发，而她是从大学水平往英国人水平猛攻。

"小老师，你有喜欢的英文诗吗？"我对背诵英文单词产生了强烈的疲劳不适感，试图用一个话题把注意力引到其他地方。

"我最喜欢的诗，可不是英文的，而是波兰文的。"她若有所思地说着。

"那能念给我听听么？"我扮出一副无邪的渴望表情。

"可我不会波兰语，我念中文版的给你听吧，一样动人。"

"好。"

总算调回中文的语境了。一想到英文的句式与用字母拼凑出来的单词，我就浑身麻木而困倦。

他们彼此深信

是瞬间迸发的热情让他们相遇

这样的确定是美丽的

但变幻无常更为美丽

她一开口，我就堕入了梦境。我似乎能清晰地看到她唇齿之间的巧妙的触碰，一张一合，吐出那些平凡而优美的词汇。我好像睡进了她的耳蜗里，用她的耳朵听她的心。

他们素未谋面

所以他们确定彼此并无任何瓜葛

但是从街道、楼梯、大堂传来的话语……

他们也许擦肩而过一百万次了吧

我想问他们是否记得

在旋转门面对面那一刹那

或是在人群中喃喃道出的"对不起"

或是在电话的另一端道出的"打错了"

但是，我早知道答案

是的，他们并不记得

他们会很诧异

原来缘分已经戏弄他们很多年

时机尚未成熟

变成他们的命运

在念诗的过程里，我发觉她的锁骨精致而光洁，锁住了我的眼睛，我能做的只是直勾勾地望着她锁骨处的皮肤。她下意识地看了看我，神情诧异而有所警示，但警示时的眉宇之间露出的责备带着一丝任性与甜美。那一刻，我明白了女人真正的美，那种真美是不可预谋的，所有有预谋的美，实则都只是一种等待被意中英雄驯服的远远的献媚。真正的美就是让人无法猥亵，又无法拒绝。于是，我收起了我的无邪。

缘分将他们推近、驱离

憋住笑声

阻挡他们的去路

然后闪到一边

我试图靠在她的肩头，透过衣服感受她的体温，这样我就可以与她看向同一个方向。这很重要，只有让距离越来越近，我才能阻止我的目光扫向更具有吸引力的不可随意侵犯的地方。她任由我在她的肩膀上慵懒地昏沉着，继续念着那些明明早就坠落人间，无数年后却仍旧轻盈地舞旋在与心脏平行的半空中的诗句。

　　有一些迹象和信号存在
　　即使他们尚无法解读
　　也许在三年前
　　或者就在上个星期二
　　有某片叶子飘舞于肩与肩之间
　　有东西掉了又捡了起来
　　天晓得，也许是那个消失于童年灌木丛中的球

　　还有事前已被触摸、层层覆盖的门把和门铃
　　检查完毕后并排放置的手提箱
　　有一晚，也许同样的梦

到了早晨变得模糊

每个开始
毕竟都只是续篇
而充满情节的书本
总是从一半开始看起

这首诗一念就是三年。小老师从大一到了大四，我从十五岁变成了十八岁。

我决定要和这个姐姐，这块哥哥曾经的心头肉，这个小老师相爱一场。虽然我已经吻过了她的耳朵、脸颊，虽然她已经无数次用眼光暗示我那些禁忌不可打破。但我还是无法停止我的心理活动。我在脑海里翻阅了一遍我所熟知的大量的基础知识，我明白这种情况是最普遍的现象，这是一种幻想与崇拜，是贪恋与依赖，甚至还夹杂着一点童年缺失过的母爱。但这一切都不重要，我并不想知道爱的起因，我只想爱出一个结果；我并不想分析爱的元素，我只想体验爱的变化的过程。

12.

"姐姐，以后我不想再叫你老师了。"我说。

"好，叫姐姐也是可以的。"肖青青说。

"不，我也不想叫你姐姐了。"我说。

"那你叫我什么呢？"肖青青说。

"青青。"我说。

"好吧，那就青青吧。"肖青青说。

然后我就迫不及待地亲了上去。我承认我是故意的，我要了这辈子无数个小聪明里最笨拙的小聪明。但我必须这么做，我不打算像哥哥告白时那样说出那些无谓而虚伪的情话，那种偶像剧里的白痴对白只适合存在于猥琐编剧的意淫里。我要用我的诚实的身体告诉青青：你不再是我哥哥的心头肉，而是我的。你不再是我的老师，而是我的，只是我的。我要你站在我的左边，站在我的手边，我要你出现在任何我可以抱得到的地方。你的家，就是我的周围。我要你围着我，看着我吃，看着我睡。我要看着你笑，即使是哭也要被我看到，只被我一个人看到。你的一切细枝末节都是属于我的，而且都必须是你主动愿意告诉我的。我们之间没有秘密，唯一可以允许存在的秘密就是每天都在增加或者减退的爱意。

是的，那时候我就已经明白爱意是会减退的，而且接受这样一个荒诞又悲凉的事实。虽然我并不知道为什么爱会减退，减退的过程又是什么样的体验。

　　青青呆了一会儿，然后看着我。然后又呆了一会儿，最后叹了口气。

　　"为什么？"青青问。

　　"因为我想要这么做。"我说。

　　"有些事并不是你想就可以的。"

　　"我知道不是想就可以，但是我不可以不想，不可能不想。"

　　说完这句话，我感觉天旋地转。这是我有生以来说过的最荒谬的话。我从未这样诚实而笨拙过，我甚至开始有些厌恶自己的嘴脸。我是多么的无耻而卑劣！

　　这大概就是爱的劣根性，明明是真心的话，可说出来以后就变成了一种虚伪而肮脏的索求。

　　"等你考上大学再说吧。"青青说。

"我不会去考大学的，绝不会！"我说。

"那你还让我给你教英文？！"

"一方面是因为我想见你，另一方面是我知道掌握一门外语对我来说远比上大学更重要。"

我确实是这么想的，无论能不能与青青在一起，外语是必须要学的。

"反正我是不会同意的，你还小。"青青说。

"你已经同意了。"我说。

"你别耍小孩子脾气。"

"我想要你。"

我尽量避开"我爱你"这类虚假的词汇。爱是什么，为什么爱，爱多久，都是未知数。我想要，就是我想要，直接而纯粹。我想要，并不是我需要，而是想，而是要。想并不是妄想，要并不是索要。那是一种接近于灵魂的指引，哦不，是吸引。就像农民种下一颗种子，并不是为了大地幸福，而是为了自己那份收获的快乐。但事实上，种子还是长成了大树并结出了果实，大地也因为有了根须而不会变成荒漠，这是一种最扎实的幸福。

我说完这句话就开始啜泣起来。我的手脚开始发麻，渐渐地心口也有了一阵阵针刺般的感觉。我怀疑上帝又要与我开玩笑了，我怀疑说真话是需要耗费巨大的能量的，我怀疑我开始衰老，开始枯萎了。

"好，我是你的了。"青青说。

我的那种恐慌感，在青青说完那句"我是你的了"之后，又出现了。

13.

在与青青相爱以后，我顺利地摆脱了掉入奇怪时空的噩运。该怎么解释奇怪时空呢？

自小，我的耳朵、膝盖、鼻腔、眼睛、心脏、肺部都有各种奇奇怪怪的疼痛感，以至于我不得不怀疑我的身体其实根本就是由无数个坏掉的人身上的零件拼凑而成的。我常会突然一只耳朵失灵，而且每次都发生在我骑车的时候。一到下坡，我的耳朵会突然一侧听不见任何声响，身体顷刻间失去平衡，翻车、滚下坡去是常有的事。

有一年，我跟着父母逛百货公司，突然之间，我感觉自己的听力有了显著的提升。我几乎能听到周围所有人的窃窃私语，与此同时，我感觉再也无法控制自己的身体。于是，我努力咳嗽几声，又用拳头捶打了几下百货公司的巨大石柱。很好，我还是可以控制自己的。可是我有种强烈的被遗弃的感受，好像周围的一切人、事、物都与我无关，就连冲我微笑的父母都充满了陌生感和距离感。一切都开始离我越来越远，人的脸、五官、毛孔、发出的声音、聊天、耳语、呼吸。一切都没有改变，只是换了一种方式进入我的感官。

类似这样的情况出现了十几次，但在遇到青青以后就再也没有出现过了。我也怀疑过，也许那是自闭症、孤独症的一种。但我实在不愿意把自己的不正常归纳入一个那么平常的疾病之中。

　　与青青的第一次正式约会是在一个公园里。公园的最东边有一座不算太高的山，山的更东边是一条江。青青说，这辈子还没看过一夜的夜景。我说，正巧我也没看过日出。

　　我的一生都极为喜欢黑夜的降临，好像整个世界都关门大吉了。人间就如同一个巨大的游乐场，而像我这样一个一出生就被列入黑名单的人，也只有夜里才能自由进出。

　　但其实，相较于黑夜，我更喜欢日出——黑夜退去，天色将亮的临界点。日出是充满希望与能量的，只是这种希望与能量交织的美好感受会在太阳出来以后消失殆尽。太阳出来以后，人们就会继续戴上光滑的面具，在这个游乐场里四处乱窜。没有人关心游乐设施的安全，只专注于开发更赚钱的游乐项目。其实也没有几个人真的在娱乐，他们只是扮出开心的模样进行着一场又一场的演出。

14.

"如果我们有将来，如果将来我愿意为你生一个孩子，你想要一个男孩还是一个女孩？"青青看着夜空说。

"都不想要，我只想要你。"我从衣服口袋里摸出一盒烟，却发现没带打火机。其实我的烟瘾也不大，只是烟能够帮助我分心，让我不那么容易掉进更深的思索里。

"别找了，打火机在我的手里，你别想抽烟。"青青说。

我无奈地点头，露出为难的表情，瞬间掉入了青青的问题之中。

"如果我们有将来，如果将来我愿意为你生一个孩子，你想要一个男孩还是一个女孩？"

我讨厌小孩，五六七八岁的小孩与十五六七八岁的，前一类总是抱着无数的问题索要答案，后一类总以为自己对世间的一切问题都已知晓答案。这让我无比厌恶和唾弃。也许我忘了我也是这样长大的。可在我有限的记忆里，我能够很自负地说，我不曾这样过。

"生什么并不是你能决定的。"我绕开这个无趣的问题。

"假如我能决定呢？"青青不依不饶。

"假如你能决定，你还问我干吗呢？"我又一次跳进另一个逻辑里。

　　"你是不是不喜欢小孩？"青青一语中的。

　　我该怎么回答呢，我该庆幸遇到了一个一眼就能看穿我的女人，还是该对自己失望？在她的面前，我的一切怪念头好像都无所遁形。如果我回答"是的"，她是否会站在一个女人天生母性的立场上鄙视我，仇视我，甚至遗弃我呢？我必须回答"不是"，我并不是不喜欢小孩，只是暂时没有设想过这么宏观又需要微观的问题。对，我要回答"不是"。否则就是没有爱心，没有人性。那不是我要的结果，至少我无法接受被这个我最爱的女人遗弃。

　　"当然不是，我希望能够在我足够成熟的情况下再考虑这个问题。毕竟是一个活生生的生命，毕竟是一个来到人间要走一辈子的人，毕竟是一个小小世界的诞生，我不能那么草率地就决定一个生命的属性与未来。"我一口气说完，又猛吸了一口气，整个人开始松懈下来。

　　"哎呀，你这么认真干嘛！有点冷了，我想进帐篷睡会儿。"青青说着就钻了进去。

终于，天快亮了。我看着熟睡中的青青，考虑是否要叫醒她。我看着她的脸，越看越仔细，越靠越近。接着我就想起了一项我从小就拥有的特异功能，我能从某些女孩的脸上，直接看穿她的整个衰老过程，甚至瞬间目击她那张中年以后的脸。即便如此，我看着青青当下入时的装扮、年轻的气息、脸上隐约的雀斑，都是如此动人，某一瞬间会蹦出她永远不会老去的念头。又或者，其实我的潜意识里根本就清楚地知道，我并不会与她相爱到老。尽管如此，我还是止不住我的想象，她的装扮会定格在照片里，而那些照片会永远地被收藏起来。几十年后，连她自己都会难以面对，当时那么入时的装扮居然在时代的变迁里腐朽，变得如此滑稽。她的气息还散发出腐败气味，就连原本可爱任性的小雀斑都变成了预示着死亡的老人斑。

　　我犹豫了一会儿，然后决定还是不要叫醒青青了。我感觉，只要我不叫醒她，今天就不会有日出，日出不会为了我一个人而来；我一个人待在帐篷里，外面就会下雨，上帝会继续用一种在他看来无伤大雅的方式跟我开一个足以把我推至深渊的玩笑。我看见一道闪电，静静地等了很久都没有听见雷声。我想，如果青青不在睡觉，如果只有我一个人站在这里，雷声一定会震破我的耳膜，让我再一次失去一侧的听力。大概七秒钟之后，一场大雨袭来。我看见山的更东边的江面上泛出了一条微弱的光线，整个水面变得破烂不堪，就像是一块正在被白蚁腐蚀的木板，就像是肉体站在雨里而心脏掉进深渊的我。

那一刻我想起了林震对我说过的话："和自己喜欢的一切在一起，或者把一切都变成自己喜欢的样子。"我想起了林震的脸颊，想起了遗失的那半块五角星，想起了他转校的真相。

"你为什么要到处说那件事？"林震说。

"有什么关系吗？那不过是一个玩笑。"我说。

"那不是玩笑。"

"不是玩笑是什么？"

"你故意的！"

是，我是故意的。我把林震吻了我脸颊的事情到处宣扬，就为了在众人面前扮演一个滑稽的角色，就为了让大家捧腹大笑几秒。

那是一个秋天的周末午后，我和林震勾肩搭背地走在起风的破旧街道里，枯黄的树叶像秒针一般一刻不停地落下又升起，在地面上摩擦，在半空中盘旋。那一瞬间，我勾着林震肩膀的手臂突然软了下来。我转过头对林震说："我想待在你身边。"

　　"为什么？"

　　"不知道。"

　　"那我们要在一起待多久？"

　　"先待着，待着待着，慢慢就知道了。"

　　林震的目光一下子蓝如天，深如海，他靠了过来，枯叶不再坠落、升起。我甚至怀疑手表上的秒针都堕入了梦境，不再灵动。好像过了很长一段时间，我才意识到我的脸颊触碰到了两片略带凉意却又柔软坚毅的唇。

　　除了跟同学说，我还跟大人——林震的外公与父母说。当然这只是其中一个最小的原因。我就是想要激怒林震，想要看看林震是不是会被我激怒。如果不会，那说明这一切都是假的，一切都只是一个玩笑。如果他被我成功激怒了，说明这不是玩笑，说明他是真的想亲吻我，也说明他是一个与众不同的人。我希望他是与众不同的，因为这样就可以证明我并不是一个孤独而荒唐的存在。只是我并没有想过这样做的后果，我以为这只是一种直接的确认，一种强化彼此感受的方式。但很明显，我错了。林震比我更在乎这件事，他比我更害怕被别人发现自己的与众不同。他用离开画下句点，用离开惩罚我的愚昧。

那一刻我突然就明白了，我对青青的喜欢并不是因为她年长于我，并不是因为她是我的老师，那不是幻想与崇拜，不是贪恋与依赖，更不是童年缺失过的母爱。那种喜欢来自于林震，来自于与林震相同的美好特质。她会保护我，她会在意我的感受，她试图与我坦诚相处，她在用一种探讨未来的方式与我沟通。他们都不用异样的眼光看待我，甚至不觉得我是怪人，又或者其实他们早就看穿了我的怪，原谅了我这个人。

"下雨了，你还不进来？！"青青探出朦朦胧胧的脑袋。

"嗯，这就进来。"我礼貌性地微笑。

"你在外面瞎愣什么呢？"

"我给你讲个故事吧！从前有一个小男孩 A 吻了小男孩 B，后来小男孩 B 拿着这件事到处去说，然后小男孩 A 自杀死了。你说，小男孩 A 为什么会自杀呢？"说完，我就开始期待青青一语道破同性恋的真相。可结果出乎我的意料。

"因为小男孩 B 没有守护好小男孩 A 的秘密，因为小男孩 A 是充分相信小男孩 B 才会吻他的。结果小男孩 A 看错人了，小男孩 B 根本就无心守护这个秘密。"

"可是，小男孩 A 也没有说这是一个需要守护的秘密啊！"

"不对，是确认过的。在吻下去之前，他们就是彼此确认过的。否则，小男孩 A 根本不会献出自己的吻。那不是吻，那是一种用自我牺牲的方式进行的一场确认。"

我原本以为青青会说出同性恋这样的词汇，好让我好过一些。可她竟然揭穿了我无耻行径的本质。我没有守护好小男孩 A 的秘密，我失去了作为小男孩的资格。我怀疑青青根本就是林震的化身，我怀疑上帝试图让我体验轮回之苦，我怀疑从一开始我就没有来到人间，我怀疑我此生的一切都只是我在襁褓之中的一场大梦。

15.

　　我以为在与青青相爱以后，我就会顺利地摆脱掉入奇怪时空的噩运。但其实，并没有。我再一次发现强烈的被遗弃的感受。好像周围的一切人、事、物都与我无关，一切都开始离我越来越远。

　　"未经允许轻易结束他人的生命是不对的，那未经允许轻易地创造一个生命也应该是不对的吧？凭什么创造生命就一定是爱的奉献呢？换句话说，谁说没有生命就是死亡？谁说死亡就是痛苦的？可能痛苦的只有死亡的过程吧！可死亡的过程也是因生命而付出的代价。这种痛苦居然是被自己的父母随机赏赐的，这太可笑了。"

　　我在日记里毫不犹豫地写下这段话。合上日记本的时候，我感觉身体开始轻盈了起来。我躺在沙发上懒得起身，懒得再脱去滑稽的衣服。没错，衣服是滑稽的具象体现。那就像是一件小丑的演出服，专门负责在光天化日之下、各色人物前表演一场精心策划又随机应变的游戏。我就这么别扭地睡了过去。

　　我梦见父亲在高烧一周之后撒手人寰；梦见我的恋人青青与我的哥哥谈起了成人式的恋爱；梦见我的指甲脱落，牙齿松动；梦见我的母亲用最锋利的笑容诅咒我的一生。我不断地惊醒，醒来后才发现还在梦里，仅仅是堕入了另一个梦境。

真正的苏醒是在凌晨两点。模糊一算，我才睡了不到一个小时而已。但是就在这一个小时的梦里，我好像走完了我的一生。我怀疑，我的生命已经走完了；我的醒来，才是躺在病床上的我做的最后一场大梦。

我懒散地走到卫生间，蹲在马桶上点了一根烟，试图回忆起梦里发生的一切。但是梦的碎片随着我吐出的烟雾一点点迅速消散在空气里了。我想给青青打电话，但似乎已经找不到任何理由去打扰她了，而且我已经删除了她所有的联系方式。她在半个月前与我提出了分手。理由是，游戏结束，各自退出。就跟当初在一起时说的一样，我并不打算结婚，并不打算堕入俗世的烟火缭绕里。

她说："我知道你是不会跟我结婚的，但是你要记住，我也不愿意和你结婚。我们彼此相爱，但还不是深爱，虽然爱得深刻，但始终无法也不愿深入生活里。生活是慢性毒药，会一点点地谋杀彼此的真实需要。现在各自上路，去寻找各自的解药吧！虽然可能找不到，但好歹不能死在彼此手里，那样就活得太绝望了。现在分头走，起码还能留个念想。对自己失望、对生活失望的时候还可以想想彼此的脸，不至于轻易地堕入谷底，永不翻身。"

我说："你是对的，但今后找解药的时候要记住一条至关重要的自我测试。测试内容是，不带手机出门，和你的解药恋人约好在某一个地方等。你最好提前去等，然后时间一分一秒地过去，你不准看书、看报、看表，不准做任何与专心等待无关的事情，就是那样耗着时间，就是这样耐着性子去等。此时，再摸着自己的良心问，此刻的内心是不耐烦的焦躁，还是担心对方的安全而产生的焦虑。如果是不耐烦，那就立刻分手，那人绝不会是你的解药。如果是担心对方的安全，那么你就要小心了，他将来可能会成为你的心腹大患。"

她说："说来说去你就是不肯盼我点儿好的。"

我说："不是，如果你的解药恋人面对你迟到的状况也只是担心你的安全而不是不耐烦的话，你们就会成为彼此的解药。我是希望你好的，希望你越来越好。但人都是自私的，我希望你好，可我不希望你好到一种足以忘记我的程度。"

她说："你是对的，我也是这么想的。我也不希望你太好，好到忘记我。"

我说："再见。"

她说："还是不要再见了。我会想你的，可是再见这种事情还是不要发生的好。如果发生了，就证明我活得非常不好，非常糟糕，自己已经无能为力，无法自救了。除了这种情况以外，我是不会再去见你的。"

　　我说："那就此别过。"

　　她说："你还是不肯盼我点儿好的，什么叫别过啊？我还是希望你好好过的。"

　　我说："拜拜。"

　　她说："洋气点儿，See you！"

　　从那以后我就没再见过青青，我删除了她所有的联系方式，自己也换了号码。她也不会再找到我，她也不可以再找到我。

　　真的是这样吗？我的记忆总在撒谎，也许青青并没有与我发生恋爱关系，只是我故意把这一切记忆为恋爱关系罢了！

　　记忆是会骗人的，只有抓不住的、流动的、瞬间的，才是真的。一切可以定格的、保留的，都会被有意或无意地修改，都会失真。所以自拍是假的，传说是假的，就连脑海里留下的记忆也会被你的潜意识模糊润色。所以回忆里的你是假的，只有当时的你才是真的。所以细说从头，这一切都只是一场充满表演欲的游戏！

"你在班上有小女朋友吗？"心头肉姐姐问。

"没有。"我说。

"就没有喜欢的吗？还是说不想告诉我。"

"真没有。那姐姐你有吗？"

"也没有。"

"真巧，我们都没有喜欢的人。"

"喂，帮我个忙行吗？"

"什么忙？"

"你哥哥总缠着我，我不喜欢他，所以……"

"明白，就是要我事事都挡在你和他中间呗？"

"聪明！"

"可我又有什么好处呢？"

"我可以免费教你英文！"

"教英文啊？不如教我谈恋爱吧！"

"哈哈，教你谈恋爱？你这孩子太有趣了！"

"就这么说定了。"

16.

　　突然之间，我有点儿想我的父母了。与其说是想念父母，不如说是怀念起自己的童年，怀念起那种只要扮演笨拙与滑稽就可以博得满堂彩的日子。

　　长大以后，我的演技更加纯熟，可也更加难以出挑。因为我突然发现，几乎所有人都在试图用表演获得旁观者的掌声。回头想想，也许在我的童年里还有这样一种可能性，那就是父母其实早就看穿了我的表演，只是为了配合我的演出而挤出熟练的笑容。毕竟，他们比我更早地来到这个荒唐的世界，他们比我更早地练习自己的演技。不，这不可能，我才是这个世界的异类。那一刻，我发现其实我并不想摆脱异类的身份，好像这是一种奇妙的自我认定，好像少了异类的标签我就成为最最平凡的怪物了。

　　我看了一眼客厅里父亲的遗像，心里泛起了鸡皮疙瘩。我还是记不得父亲是什么时候走的。只记得有一年父母大吵，后来便开始了长达三年的冷战。再后来父亲生了一场大病，持续高烧不退，靠着呼吸机来维持着最后那点儿微弱的生命体征。医生说，救活的希望是没有了，但是让他就这么靠着呼吸机活着是没有问题的。

母亲说，她要改嫁了，这事儿让我做主。我说，他可能是累了，就让他睡吧。在父亲走之前，我把父亲的身体从上到下都擦拭了一遍。父亲年轻时是一个很阴沉的人，他总说，心情不好就要洗澡，洗澡能赶走坏的情绪。所以，父亲早上出门前、晚上睡觉前，都会洗澡。

　　我一直在想，洗澡能够让心情愉悦除了有生理因素以外，更多的可能是因为"洗"这个过程让人在潜意识里错以为自己真的从记忆里洗掉了肮脏的糟粕，自己终于变成了一个干净的人。所以，这不是洗澡，这是催眠。我给父亲进行了最后一次催眠，他睡得安详，走得干净而潇洒。

17.

那几天我总会在梦里看见父亲的脸，那张脸似乎永远停在了三十来岁的样子，那时候的他还酷爱骑着摩托车带着我在夜晚城市的街道里飞驰。我记得有一座特别陡的桥，每次下桥的时候都会有一种无法呼吸的感觉。

长大后，我发现那种感觉跟坐海盗船十分相似，迅速而有些失重。

此后每一次坐海盗船，我都会不自主地想到他，我的父亲。

这种想念是我在年幼的时候自以为永远不会降落在我身上的，但很明显，我错了。

想念这东西不是平白无故出现的。发生过的每一件事，说过的每一句话，每个眼神与动作，都会被记忆压缩成一粒种子落在你的心底。随着时间与历练，种子一点点儿地生根发芽，最终长成参天大树。等你回过头看的时候，才会发现，原来有些爱，那么茂盛；才会发现，原来有些爱，一开始就埋得那么深沉。

父亲沉默的时候总是爱抽烟，而每次与我亲昵说话之前，他都会吃一颗薄荷糖，所以在我的记忆里，父亲的呼吸里总是带着一股淡淡的清凉的烟味。不知道从什么时候开始，我完全忘了父亲脸上的皱纹，似乎他的形象永远定格在我表演得笨拙而滑稽的童年里。那时我才发现，他的严肃可能也是一种笨拙，他的沉默可能只是一种为了家而心甘情愿的忍耐。

孩子一出生，见到的父母就已经是一个完完全全的大人了。多数时候，我们甚至都会忘记，他们也曾年幼过，也许他们也曾如我一般表演得笨拙又滑稽来讨好朋友与家长；他们也曾年少桀骜，意气风发，也曾充满好奇又看尽世间浮华。可是孩子就是不会想到父母也曾青春过，就像父母也渐渐忘了自己也曾是一个孩子一样。其实，对历经永恒的宇宙而言，只拥有短暂一生的我们，终究也只是一个孩子罢了。

记得，在我还小，父亲也还年轻的那段岁月里，他总是期盼着周三与周五的到来，因为那两天里学校会有手工课。我的手指十分笨拙，所以每次手工作业都要通过撒娇的方式让父亲代我完成。起初我以为父亲是拗不过我滑稽的撒娇表演，但时间久了，我发现他无比热爱做各种手工，他做风车、做风筝，用一张白纸都能折出盒子、帽子、飞镖、飞机等。好像对他而言，在自己的孩子面前安静地做一点儿手工是他最幸福的事儿。那一刻他成为我的英雄。虽然仍旧没有太多表情与对话，但至少气氛并非是平日里那种严谨的冷淡。

父亲灵巧的手也不是没有犯过错误的。

我清楚地记得，那是开学的第一天，父亲说我总把自己的名字写得太难看，于是决定亲自上阵，在我的练习本上帮我写下我的姓名。他拿起多年不用的钢笔，吸上墨水之后，大笔一挥——完了，写错了。是的，父亲写错。可能是常年都写连笔，太久没有一笔一画写字的缘故，他居然把儿子的名字写错了。母亲在一旁翻了一个微弱的白眼，过来安抚道："算了，算了，再换一本新的，这本不要了。"

"不，不行，这本练习本是我的暑假作业，里面全是我的作业。"

父亲看了看时间，可能是上班要迟到了；又看了看我，估计是想到我上学的时间也快到了。父亲只好拿起钢笔橡皮一点一点地在失误的名字上反复摩擦，那来来回回的声响对我来说是巨大的煎熬，我能感受到父亲的焦急与失落。

但我始终开不了口说出那句："算了，没关系的，划掉重写一个，老师不会介意的。就算被老师批评都无所谓。别为我担心，我能处理好。快去上班吧，别迟到了。父亲，我不想看到你焦急的样子，我宁愿你严肃着，冷淡着，用那种固有的沉默维持着这个家的每一天。"天知道我多想说出这些心里话。但我就是拖延着，我祈祷，下一秒，错误的字就会被彻底擦去，然后父亲又潇洒地写下正确的字，好像一切都没有发生过一样，严肃地离开。

那天，父亲关门的声音很小，小到让我觉得父亲根本就没走，与那份因为写错了儿子的名字的焦急感与失落感一同，留在了这座沉默的屋子里。

18.

　　之后，母亲改嫁了什么人，我没有过问，也没有留下母亲任何的联系方式。母亲将房子留给了我，办了过户手续就走了。我猜想过母亲新欢的样子，他一定是一个三天才洗一次澡的人，喜欢运动与流汗，一脸阳光，充满活力，没有阴沉的脸，也没有洁癖。总之，一定是一个与父亲完全相反的人，否则怎么可能吸引我的母亲呢？我只是有些替我的母亲担心，明明已经经历过一段不太美好的婚姻，何必又要再次陷入这样的关系里呢？可也许人就是这样，一边破除旧的幻象，一边又结出新的欲望。

　　父亲火化的时候，我偷偷把他当年最爱的磁带放进了他胸前的口袋里。我特意翻出家里唯一剩下的录音机，把磁带调到了父亲最爱的那首歌的地方。我不太懂粤语，只是永远记得这句父亲喝醉后，常挂在嘴边的歌词：

　　"今天只有残留的躯壳，迎接光辉岁月，风雨中抱紧自由。"

后记

　　父亲喝醉时都会露出少有的轻松的笑容，松弛的眉头与眼皮温柔地散发出孩童的气味。

　　而此时此刻的我嘴角露出悲哀的坏笑——残留的躯壳？我想，很快就连躯壳都要没有了吧。

　　很久以后的一天夜里，我沉默地对着镜子抽烟，整个房间里都充斥着沮丧的气味，我心情越来越糟，决定去冲个热水澡，心想也许温度能改变心情。从浴室走出来后的我确实觉得好了很多，我拿着一杯苏打水站在阳台上俯瞰整个城市的夜景，深吸一口气，觉得自己重获新生。我失控地冲下楼，从车库里推出父亲的摩托车发动起来，瞬间钻进了夜晚城市的街道里，我看着后视镜里的自己，才发觉我的脸和父亲的脸越来越像了，无论是侧脸轮廓还是眼角微笑时出现的细纹，我们的脸几乎要重叠到一起了。

　　我想起，父亲沉默时总爱抽烟，心情不好时会去洗澡，酷爱骑着摩托车在夜晚的城市里飞驰，这时，后视镜里出现了完整的父亲的脸。我一皱眉，后视镜里的父亲就皱眉；我一笑，后视镜里的父亲就微笑。就在下坡时，我左侧的耳朵突然失灵，整个身体顷刻间失去平衡，意识混乱而稀薄，耳鸣如雷鸣，我闭上眼再次等待上帝的审判。等我再睁开眼时，视角改变了，我仿佛在俯瞰这个世界，我看见摩托车侧躺在地上，我平躺在车子的左下角。地上还有车胎急刹留下的痕迹。

我看见一个笨拙的小孩，走在人群里。被人群推挤，冲撞，摔倒在地。一个男孩扶起他，他推开男孩，又一个女孩扶起他，他推开女孩。他始终笨拙地抵抗孤独与荒芜，始终不愿接受世界的混乱与荒诞，不敢有一秒钟的松懈。

我怀疑，我的生命其实早就已经走完了；
我的醒来，才是躺在病床上的我发的最后一场大梦。

我们总错以为未来是条看不到尽头的路，其实回忆才是。

列车诗人

这个故事里，

最难过的到底是谁呢？

很多年以后我想起来，我曾在火车上遇到过一个诗人。是真是假我无法证明，他和我说话的时候已经明显喝醉了。但我觉得他是，他是诗人，也是醉了。

山间野狗乱吠咒骂四季轮回

姑娘成了新娘都是别人的心肺

我和野狗走山路多般配

但野狗也有他心爱的狗

而我只有浊酒一杯多沉醉

他对着窗外连说带唱地念完了这几句。右手还总是拨弄着左手无名指上的一枚戒指，从最底端，撸上来，又撸下去，反反复复。动作熟练而轻易，看来他常这么做。

我觉得他要么是诗人，要么就是喝醉了。在我心里，喝醉的人大多都是诗人，就好像恋爱里的人总那么富有诗意，因为恋爱本身就是一种沉醉。他回过神才看见卧铺间多了一个我。其实，我进来的时候还有别人，但别人都收拾东西去其他车厢了。我觉得奇怪，但也无所谓，有地方躺就不错了。

他从包里拿出两小瓶劲酒，问我喝不喝。

我说："怕醉，怕吐，吐了麻烦。"

他说："就怕吐不出，那才是麻烦。"

我想，和人混熟最好的方法就是喝酒了，喝就喝，这事儿我也没灰过。

他递了一瓶给我，没帮我开。自己先喝了一口。

然后从包里拿出一只叫花鸡，居然还是热的。还有腰果和樱桃。

我顿时就觉得他没那么诗人了。

我问："你去哪儿啊？"

他说："不能说。"

我心想，这丫很高深，一张口估计就是远方、自由之类的词儿。

我又问："为什么不能说？"

他说："嗯，我们不熟，说了不安全。"

我心想，喝完这瓶，看你丫还不说。

他问："那你去哪儿啊？"

我心想，绝不能输了诗人的气质。

　　于是我说："去远方。"

　　不成想他居然破口而出："哈哈哈！别逗了，坐火车能远到什么地方去啊？！"

　　我顿时自尊心受挫，好你个中年大叔！

　　一瓶酒下肚，叫花鸡还没开始吃，他又拿了一瓶上来。

　　"就一瓶了，咱俩分吧。"他说。

　　"有杯子吗？"我说。

　　接着他把刚喝完的空瓶上的盖子拧了下来。

　　"喏，有了。"

　　"有了，就倒酒吧！"

　　火车上喝酒有一个隐患，就是喝大了想抽烟不方便。这时候，他果真从包里掏出半包被压得扁扁的烟，朝我傻笑。我对他比了一个打叉的手势，示意不能抽。他笑了笑，突然就把烟扔出了窗外。我露出受惊的表情。

"我是怕自己憋不住，索性扔了。"他说。

"要是姑娘在身边，你也憋不住，你是不是就也扔了？"我问。

"那就不对了，姑娘我不扔，我认了。"他说着，喝了一口。

我撕了一块鸡肉塞进嘴里说："也是，熟了的就扔不得，飞不掉了。"

他也撕了一口鸡肉说："那可说不准。煮熟的鸭子飞不了，姑娘就难说了。"

后来他喝醉了，给我讲了一个故事。

曾经有一位知青下乡，爱上了农场里一个叫陆芊的姑娘。姑娘和他心生爱意，但最终还是骗了他。她答应他，等着他功成名就回来娶她。知青回城，不到半年就成了颇有名气的小画家。但再回到农场时，陆芊已经嫁人了。他懊恼不已，以为是自己的离开让心爱的姑娘受了不安的折磨，让别人有机可乘。于是日夜举杯，不肯醒来。直到农场另一个暗恋他的姑娘告诉他真相，他才明白，原来陆芊早有婚约在身，只是没告诉他。他走的第五天，她就结婚了。知道真相后，他带着愤怒和悲伤离开。他后来因画山间的野狗而闻名于世。

在说故事的过程里，他一刻不停地把那枚戒指在无名指上撸上撸下，像是一个孩子正在进行一场游戏，但更像是一个成人在或紧张或悲伤时的惯性举动。

说完故事，他突然问我："你觉得这故事里谁是最难过的人？"
我说："当然是那画家。"
他说："那是因为你还没听完故事的全部。"

他又接着讲，原来暗恋他的姑娘，只说了故事的一半。
其实在知青走后，陆芊就发现自己有了身孕，孩子当然是知青的。但知青也不知道何时才能回来，为了家人的颜面，陆芊只好嫁给了别人。而暗恋知青的姑娘，为了能和知青在一起，就只说了故事的一半。

他又问："你觉得谁才是故事里最难过的人？"
我说："这样看来，应该是陆芊。"
他说："其实应该是那个娶陆芊的男人。"

我问："为什么？他什么都不知道啊！"

他说："那是你没明白这个故事。

"我们总是觉得，美好的爱情里，女人为了心爱的男人私奔是理所当然的，而事先订下婚约的男方必定是财大气粗、胡作非为的坏人。但这故事里不是这样的。这男人老实本分，却被一群风花雪月的男男女女蒙在鼓里。孩子不是自己的，老婆也爱着别人。你说难过不难过？"

我听着，顿时觉得很有道理，好像突然看到了世界的另一面。

有些惊悚，又有些错愕，突然有种真相比谎言更恐怖、更难以接受的感觉。

他说："人的一生里只有两种想念，对不在身边的和永不会回到身边的。不在身边的该想念，永不再回到身边的就该永远想念。可大多数人只对前者辗转反侧；而对后者，人们把'忘记'当成是唯一的选择。"

他突然又半说半唱地念了那首诗。

山间野狗乱吠咒骂四季轮回

姑娘成了新娘都是别人的心肺

我和野狗走山路多般配

但野狗也有他心爱的狗

而我只有浊酒一杯多沉醉

我看他的年纪也不像当年下乡的知青，心想这故事一定是听来的，装得深沉。

临走的时候，我看见他包里好像装了一个骨灰坛子。

他发现我看见了那坛子，笑了笑，也没有刻意掩饰。我突然明白，之前那些乘客为什么都宁愿去其他车厢也不待在这儿了。他背着大包小包往北方走了。

我想，也许他是那个被蒙在鼓里的男人的儿子。但这样一来，他的亲生父亲就是那个画家了。

这个故事里最难过的到底是谁呢？

或者那个男人什么都知道，只是爱陆芊，才包容一切的。

或者那个画家是为了功名才离开农场的。

或者暗恋画家的那个姑娘的隐瞒也是为了真爱。

或者所有人都随着年月释怀了所有青春里的错，难过的只有这个诗人吧！

我们都在别人的故事里悲欢，在自己的悲欢里长大。

到这里，我突然下意识地摸了摸我的无名指。

如果这世上只有两种想念，无论是哪一种，我都会选择记住它，活下去。

澡堂阿丑

踏实地活着，

是最好的幸福，

是最暖的国度，

是最真的梦，

是最不会厌倦的重复。

1.

我认识阿丑是因为一次澡堂的奇幻之旅。

那时，我正躺在桑拿房里思考人生。看着玻璃门的外浴池里形形色色、高矮胖瘦的人们，我心想，要是我有魔力就好了，可以一伸手就把你们挤到一起，一缩手就让你们吓得四散。

我坐起来，伸出右手，对着玻璃门外正泡澡的大汉们意淫起来。突然，我看见所有人都聚到了一起。我吓了一跳，以为是幻觉。然后，我缩回手，揉了揉眼睛，所有人又都作鸟兽散。我当然没有走火入魔到真的相信这是自己的魔力，因此赶紧推门出去看看到底发生了什么事儿！

只见池子里只剩下一个人，他的身边浮着一团不明漂浮物。此人眼神悠远，气定神闲，用毛巾包住漂浮物走了出来。他就是阿丑。那漂浮物，唉！很久以后，阿丑跟我还原了当时的情景。

当时阿丑进了浴池，水温刚好，使他神清气爽。突然，他屁股一热，感觉要拉，但起身可能来不及了。他心想，干脆拉池子里吧！反正浴室里灯光较暗，大家也不戴眼镜；而且时间也晚了，池子里肯定不是第一波放的水，有点儿浑得看不出来。他打算拉完就走，死不认账。于是一个定神，就马到功成。正当他浑身过瘾、打算溜之大吉的时候，所有人都看向他，而且都默默地朝他挤了过去，也就是我在桑拿房里一伸手后看到的情景。

我问："大家怎么会看向你呢？是不是你动静太大了？"
他说："狗屁，我拉得那么低调！可我怎么知道屎是会漂起来的！"

于是事情清楚了。大家看到有东西浮起来，于是凑过去看看，可是灯光太暗，看半天不明白。突然一个定睛看明白了，是屎！就立马散了。

那天阿丑没能溜之大吉，也没能逃过一劫。
浴室老板接到客人投诉闻讯赶来，一把逮住阿丑，要他给个交代！
阿丑说，我没钱，你看着办吧。
浴室老板说，我不差钱，你瞧着办吧！

阿丑说，难不成要我洗池子，你这么大浴池，这么些搓澡的、按摩的、打扫卫生的，也轮不到我啊！浴室老板对搓澡的几个大汉使了个眼色，几个大汉带着一身的肥膘走了过来。

　　老板说，你们下班休息，给我看着他，直到他把浴池洗干净为止！

　　浴室老板人不错，每个蹚过池子水的客人不但不用付钱，还每人赔了五十块。虽说我没进池子，但我也拿到了老板略带歉意的五十块。于是我拿着这五十块找了个地方吃烤串儿，两块钱一串儿，我一下子就买了五十块。这种横财得花，我奶奶说的。

2.

正当我吃得香的时候，阿丑走了过来。

他叼着烟，有点儿沮丧。我想，我得请他吃串儿，毕竟这钱没他也来不了。

"哥们儿，吃串儿不？我请！不要钱！来嘛！"说完我就后悔了，我这话说出口跟神经病似的。

他想都没想就过来了。"你请我吃串儿？随便吃？"

我顺口说："嗯啊！"

他又说："带啤酒吗？"

我心想，啤酒不行，喝起来没底。"不带！"

"好，老板，给我先来五十串儿，再给我一箱啤酒！"

我还没反应过来，他就已经喝起来了。看着他一脸忧郁的神情，我想，一定是洗池子洗的，说不定还被几个搓澡大汉毒打了一顿呢。他突然拉我坐下，让我陪他一起喝。我说："我不喝。"他说："没事儿，你请我吃烤串儿，我请你喝啤酒！"我心想，也是，五十个烤串儿，一百块都花了，怎么也得喝点儿啤酒赚回来！

"妈的，早知道屎在水里会漂起来，我就不拉了！"他边说边把烤串儿扫进嘴里，脸上留下一道油渍和孜然粉。

"那几个搓澡的没为难你吧？"我试探。

"没有，发了几根烟。都是哥们儿，老板人也好，还说浴室有厕所，没拉过瘾可以去爽一下，只是耽误了些时间。"说到这儿，他递了根烟过来。我摆了摆手，示意不会。他放到自己嘴里，悲伤地点起了火。其实我不是不抽烟，只是不习惯抽陌生人的烟。很久以后，阿丑还会说起第一次发烟的情景，"早就看出来你小子会抽烟了，你跟我装，我还省烟了呢！"

他一手拿肉，一手拿烟，边吃边抽，简直香得要冒烟了。他说，其实今天是要和一个姑娘告白的，约好了时间的。所以才去浴室洗澡，想干干净净地去见她。结果这下全耽误了。昨天抛硬币，抛了五十来次，最终二十六比二十四，所以才鼓起勇气去约她的。

那晚阿丑喝了很多酒，但始终没有醉态显露。临走的时候，我们互留了电话，像所有酒后勾肩搭背的男人一样，我们留号码，说要常联系，但基本没再联系。只是电话簿上多了一个号码，记忆里多了一个他。

3.

　　直到一年后，我决定去成都旅游，但无奈一直找不到搭伙儿前往的旅伴时，我们才又遇到了。我在网上发了一个帖子："男找男，求旅伴，不是 gay，钱对半儿。"没几分钟，就有一个网名叫阿丑的回复我，问时间和地点。也是那个时候，我才开始叫他阿丑的。此前那顿大酒，我们都是以哥们儿相称。但自从叫他阿丑以后，我们才真正成了哥们儿。

　　"晕，要旅游的是你啊？"阿丑说。

　　"是啊，旅游要靠你了。"我说。

　　"讹人是不是，说好费用对半儿的。"阿丑说。

　　"不是，我是晕方向，所以才去网上求旅伴的。"我说。

　　"那你怎么不找个女的？"阿丑说。

　　"女的更晕方向吧！"我说。

　　"假正经，说的跟你找得到女人陪你旅游似的！"阿丑说。

　　我们在三天后就出发了。本来是打算坐火车去的，但是阿丑硬是要坐飞机。他说他有急事儿。进机场前，我们抽了最后两根烟，把剩下的烟和打火机送给了的哥。

"喂，你到底有什么急事儿？"我问。

"真八卦。"阿丑说。

"废话，本来我计划搭火车能沿途多玩儿几站的，现在陪你搭飞机，几个小时就到了，还得和你ＡＡ机票钱，多冤哪！"我说。

"说坐飞机、乘飞机！你那口音说搭飞机多难听啊！"阿丑说。

"别岔开话题！"我说。

"别八卦！"阿丑说。

一下飞机，我和阿丑分头行动，约好在晚餐前集合。他去办他的急事儿，我去找酒店。而且他坚持要和我分房睡。

"干吗非要分房睡，不至于这么奢侈吧？！"

"必须要分，酒店的肥皂又不要钱，万一你有什么癖好呢！"

"我就是有癖好也不会跑这么大老远来钓你上钩啊！"

"不行，我不能羊入虎口！"

"得，两间房，这下你虎口脱险了吧！"

"成，两间房钱，我出一间半。"

"不用，ＡＡ就行。"

"我也是假装客气客气的，你别认真。"

"能加速滚吗？"

"能。"

4.

我洗完澡，眯了一会儿，就听见急促的敲门声。

"孙子哎，开门！"

我打开门，看见阿丑搂着一个女的，长发披肩，眼睛很亮。

"不至于吧？刚来你就找小姐啊！"我说。

"叫谁小姐呢！快叫大姐！"阿丑说。

"叫谁大姐呢！快叫大嫂！"那女的说。

"这……你什么情况啊？"我说。

"是这么个情况……"阿丑说。

"你什么情况？先叫大嫂！"那女的说。

后来我都叫她"大嫂"。虽然我从不叫阿丑"大哥"。

阿丑和他喜欢的姑娘其实是邻居，姑娘就住在他家楼上。

一年前的那晚，我们大醉后各自回家。第二天凌晨，姑娘下楼敲阿丑的门，阿丑迷迷糊糊地开了门。姑娘看了阿丑一会儿，没说话，然后递给他一张纸条就走了。阿丑傻在那里。

信上的内容，阿丑没说。总之，姑娘回了成都。他们的感情也是在姑娘回了成都以后才慢慢开始的。

"可是，她都回成都了，你们怎么联系啊？"我问。

"废话，她之前就住我家楼上，我不会微信搜索嘛！"阿丑说。

"真是科技始于人性啊！"我说。

"你们扯，我先撤。"大嫂说。

"别别别，该撤的是我。"我说。

"不用，她是打算去隔壁房间洗个澡，然后上网订餐厅。"阿丑说。

"哎哟！可以啊，这么了解。你们这是第几回在成都见了？"我问。

"第一回。"阿丑边说着边目送着"大嫂"离开房间。接着说，"不过，不走了。"

在阿丑媳妇"大嫂"的带领下，我们花了不到一周的时间就把成都玩儿了个遍。最后，我才反应过来阿丑说的是真的，他和"大嫂"一起把我送上火车，目送我离开。仿佛阿丑也成了这个城市的主人，哦不，是家人。

临走的前一晚，我们三个喝了点儿酒，然后去泡了澡。成都的浴室不算多，不过"大嫂"给我们介绍了一家，说拔罐手艺不错，而且严禁黄赌毒，准许我们去放松放松。之后，"大嫂"却和自己的小姐妹去其他地方续摊了。感觉上，阿丑和她并不像是攒足了相思和热血的远距离恋人，更像是生活了很久的伴侣，彼此舒服地相处，有情感上的依赖，却又没有行为上的黏腻。

我很长时间都没能明白那种舒服的相处是一种什么样的状态。不是小说或电影里的甜美幸福，也不是琐碎生活里的懒得在意。直到我看见阿丑在微博上发了一张照片，是他偷拍"大嫂"在超市挑水果的照片。照片上写了一句话："踏实地活着。"那时候我感觉好像有什么东西在我心里一念间开花结果，一刹那凝成了琥珀。踏实地活着，是最好的幸福，是最暖的国度，是最真的梦，是最不会厌倦的重复。

我认识阿丑是因为那一次澡堂的奇幻之旅。
而踏实地活着，才是最奇幻的旅行！

维生素

也只有真正担心你的人，

才最值得你关心。

1.

我现在坐在回程的火车上，好像心脏里长出了一颗定时炸弹般焦虑异常。

我已经有三个多月没有见到姐姐了。因为她和男友分手后只身去了日本散心，直到前段日子才回家，而我又被公司派去总部开会培训，所以一直没有碰上面。本来想借着公费出差的机会多玩儿几天，好好腐败一把，结果却收到姐姐发来的短信："还有五分钟我就要进手术室了，记得回来看我，在市中心的四院，别告诉爸妈，让他们省点儿心吧。"

看到短信后我立刻回拨过去，结果接听电话的不是姐姐，而是另一个温柔的女声——"对不起，您所拨打的电话已关机"。我一看短信时间，五分钟早就过了。想必姐姐现在已经躺在手术床上，任人"宰割"了。我很焦虑，或者说很害怕。因为不确定姐姐做的到底是什么手术，怎么会瞒着爸妈呢？难道是人流手术，所以难以启齿？不应该，她和前任分手都三个多月了。

无论如何我都要赶回去，万一有个万一，我还能输血救她呢！——不对，我们血型不同，应该不能输血给她。

她并不是我的亲姐姐。当年母亲一直都没能怀上孩子，于是领养了姐姐。但姐姐来家里没多久，母亲就怀上了我。也是从那个时候开始，我与姐姐争夺男女权益的大战悄然展开了。

　　从小母亲就偏向姐姐，因为原本母亲就想生个女儿的，不然也不会是领养个姐姐，而不是哥哥了。但我横空出世后居然是个带把儿的。虽说母亲一时难以接受，但还是很淡定大方地把姐姐所有穿剩下的衣服送给了我。这个旧衣服大礼包让我直到小学二年级还以为花衣裳是全世界最美丽的童装。

　　最可气的是，就连我的名字都是直接改了个字就草草搪塞给我的。母亲在误以为我是女娃儿的时候给我取名李恋，但得知我是男孩儿后就直接改叫李练了。而姐姐则叫李素。我自始至终都觉得是姐姐抢到了头彩，而姐姐的回应是："先到先得，无从选择。"

2.

　　小时候，姐姐为了平衡我的不平衡，总骗我说她是仙女下凡，也因此有很长一段日子我对她都言听计从、服服帖帖。她确实展现过一次她的神力。那是一个夏天，姐姐带我去姑父家玩儿。一踏进楼道，姐姐就小声地对我说："这楼里有小鬼，要小心！"我半信半疑，却装作满不在乎。突然，姐姐嘴里念念有词："急急如律令，小鬼听我命！开灯！"唰——一楼的灯就亮了。我当时就懵了，我猜我当时一定是瞪圆了眼睛露出二傻子的神情望向姐姐。她满意地摸了摸我这个小信徒的头，顺势拍平了我脑门儿前的刘海儿。

　　到了第二层，我问姐姐："我能试试吗？"姐姐微笑着默许。我小心翼翼地喊道："开灯！"姐姐一本正经地纠正："要先说'急急如律令，小鬼听我命！'"于是我又试了几次，但是灯都没有开。姐姐更满意地摸了摸我的头，再次拍平了我脑门儿前的刘海儿，对我说："你没有仙根，没办法。"

　　半年后，我偷偷把姐姐是仙女下凡的秘密告诉了姑父。姑父大笑，带我进行了一次实地解密。原来，姑父家是老城区，楼道里的灯是声控的。之所以姐姐能叫开灯就开灯，是因为姐姐在念咒之后吼了一声"开灯"，同时配合了一下跺脚。其实拍手或大声咳嗽都能开灯，而我的失败在于我太怕小鬼，所以每次都太小声了。

从那以后，我和姐姐的战争正式开始了。

一次深夜，姐姐边吃零食边听歌，薯片渣掉了一地。此时，突然出现了一只大蟑螂，我和姐姐同时尖叫着跳上床，然后进行了有生以来第一次互相谦让的戏码。

我说："女士优先，你去打！"

她说："一夫当关，没听过啊！"

我说："好，我去关！"说完跳下床，然后我就把姐姐和蟑螂关在里面了。

姐姐声泪俱下地大吼："开门啊！"

我淡定地说："一夫当关，万夫莫开啊！"

那天之后，我和姐姐分房睡了。这意味着在我与姐姐的斗争中，我取得了阶段性的胜利。

3.

　　姐姐也有优点，她做得一手好菜，我也因此甘愿做她的白老鼠。但她常对我说："不能光吃肉，要多吃蔬菜，补充维生素。你听听，维生素，多生动的名字。维生素，维持生命的元素。常言道，荤素搭配，补心养肺！"

　　我说："不是男女搭配，干活儿不累么！"

　　她说："男女搭配？都有男的了，怎么还能让女人干活儿呢！吃完了快把锅碗洗了！"

　　多年的斗争经验告诉我——不要奢望用你的道理打败女人的道理，因为女人心里唯一的道理就是无论如何一定要比你有道理！

　　我爱吃西瓜，姐姐爱挑西瓜，所以每个夏天的西瓜都是姐姐带我去买的。我不爱吃太甜、太沙的西瓜，姐姐也明白，于是有一次差点儿砸了别人的招牌。

　　"师傅，我弟爱吃那种不太甜的瓜，帮忙挑一个吧！"

　　卖瓜老板估计叫卖台词说惯了，接着话茬儿就喊："我家西瓜，要是甜，就不要钱！包你的！"

　　此时，周围正在挑瓜的妇女都渐渐散开，而老板还浑然不觉自己说错了什么。姐姐因为愧疚，默默地多买了一个。

姐姐除了爱买瓜，还爱买书。但姐姐是典型的假文青，光买不看。书桌上、床头边、卫生间，还有个人主页里，都是书，但真正翻过的都是些时尚杂志。于是最后都便宜了我这个弟弟。说便宜是真便宜，她每本都便宜了个零头转卖给我。我专挑二十八块变成二十块的那种，价钱在二十一块、三十二块的那种我都不回收。

记得有次她陪我逛旧书摊，跟着我左逛右逛，实在憋不住了，问我："有什么适合我这种美女看的吗？"我顺手抽了本漫画给她，她默念了一遍书名，反手一掌拍平了我脑门儿前的刘海儿。
"你个小杂碎！什么意思你！"
她把书推到我面前，书名是《我就是一个笑话》。

4.

　　我回过神，看了看表，估计快下车了。姐姐的手术也不知道进行得怎么样了？我突然想到，姐姐不会是什么妇科疾病吧？难不成是乳腺增生、肿瘤什么的？

　　但记忆中的一件事儿笑翻了我这个念头。

　　我高中毕业的那年暑假，姐姐读大二，她突然转性给我切了个哈密瓜。

　　"好弟弟，你说我很凶吗？"

　　"还好吧。"为了让这个危险系数极高的话题结束，我不惜出卖良心。

　　"说实话，我凶过你吗？"

　　"没有。"

　　"就是，我也觉得我不凶。"

　　"对，我也觉得你没胸！"

　　"可我怎么还没有男朋友呢？"

　　"因为你没胸啊！"

　　"你嘴里有泡了是吧！"

　　然后一掌拍平了我脑门儿上的刘海儿。

再次从回忆里醒过来，我下意识地摸了摸脑门儿。唉！早就过了留刘海儿的年纪了。

5.

"喂，李练你回来没啊？"

"姐，你没事吧？"

"没事啊！"

"你老实说，发生了什么事？怎么做个手术还要瞒着爸妈呢？"

"啊？我突然肚子疼，医生说是阑尾炎，要割了，我就去割了呗！"

"那你短信里说得很严重似的！"

"有吗？我照实说的啊！"

也是，她是照实说的。做个手术，别告诉爸妈，别让他们操心，都是实话。

也许只有面对你所关心的人，才会产生那些过分的担心吧！

也只有真正担心你的人，才最值得你关心！

李素，我的维生素

你和蔬菜水果一样，和蛋白质矿物质一样

和我们的父母，和我们为数不多的几个朋友一样

都是维持我生命的元素

是必不可少的元素

我希望你是温暖的，
有人陪伴的

去做一切你想做的事儿。

但前提是你能为了你想做的事儿

而选择你不想做的事儿。

也只有这样你才能渐渐分辨出哪些是你真

正想要的，

哪些只是一时的引诱。

2010 年 10 月 21 日深夜

我和朋友在小酒馆吃饭，她因为加班来得晚。

那时候她已经说过无数次要嫁给我，而我还是一无所有的
混蛋。

她的眼睛里闪烁着什么？是温柔的坚守，是无怨言的孤单。

那年我刚刚毕业，被父母安排进一家朋友的公司里上班。

说是上班，也就是每天对着电脑玩纸牌。

所有人都看我不顺眼，或者说所有人都懒得看我。

没到一个月我就辞职了。

那时候我觉得所有的未来、所有的梦想都在一个说不清道不
明的远方。

生活在别处，至于别处是哪一处，我根本不清楚。

"卫决，你喝多了，回家吧。"她说。

"别逗了，两个大老爷们儿一箱酒都没喝完呢！"朋友一边说
一边递过来一根烟。

"回家吧，太晚了。"她说。

"晚怎么了，白天睡大觉呗！反正他也不上班。"朋友说。

"可我要上班。"她说。

"那你先回去。"朋友说。

"滚!"我说。

"听见没,他说滚。"朋友说。

"我说让你滚!"我说。

"他妈的怎么回事儿?喝多了吧你!"朋友说。

"走吧,卫决。"她说。

我再不济,也不能让她陪我熬夜。

我心里很清楚,她是对的,是好的,是善良的,是包容的。

但对于一个刚进社会找不到方向的男生来说,没有什么比遇到一个爱自己的女人更揪心的事儿了。

那是一种期待,也是一个石块。

2008 年 6 月 29 日

　　那是我认识她的日子。学校快要放暑假了，我约了几个朋友一起去找暑期工。

　　虽然和家里说是要勤工俭学，但对我们这些小流氓来说，更深层的想法是找个机会认识姑娘。

　　我们选择了一家日本料理店。当时傻到冒烟儿的我们以为日本料理店里面的服务员一定是日本少女，以为总算有机会来个跨国友谊交流了。但我们还没有傻到家，而是先进去消费一下，再定夺。

　　"你好，你是日本人吗？"我问。

　　对方微笑了下，没说话。

　　"卫决，人家日本人听不懂中文吧！"朋友说。

　　"哎呀，那怎么点菜！"另一个朋友说。

　　"需要我推荐吗？"她突然说话了。

　　这时候我们又惊喜又失望。

　　很明显，这一口地道的普通话应该是来自我国神州大地的血统了。

　　那晚我们都没敢点什么东西，觉得每样东西又小份又高价。

临走的时候大家垂头丧气。

"你叫什么？"

"青青。"

"青青啊，青青我走了，正如我下次轻轻的来……"

"欢迎下次光临！"

我至今仍旧为我那天的神经质而羞愧不已。

后来还是决定去那里打工，但是只有我一个人去了。

后来我知道她是我们同一个学校的，不过大我两届。

2009 年 6 月 24 日

"你快毕业了，有什么打算吗？"她说。

"毕业旅行。"我说。

"然后呢？"

"周游世界。"

"说正经的。"

"我们结个婚吧！"

"不着急，我等你。"

那时候她早就工作了，在一家广告公司做文案。

而我还在为了自己的一无所有而觉得摇滚范儿十足。

2010 年 10 月 22 日清晨

我从一阵烟味里苏醒。我看见她靠在床头抽烟。

"几点了？"我问。

"六点。"她说。

"你什么时候学会的抽烟？"

"刚刚。"

我爬起身，把她手里的烟夹到自己的手里。

"你想做点儿什么吗？"她问。

"别逗了，我酒还没醒呢，现在折腾吃不消。"我说。

"你就没正经吧你！"她说。

"其实我想当邮递员，可惜我不认路！我想做歌手，但是我不识谱！我想开饭店，不过分不清酱油醋！我想做旅行家，可不想在帐篷里住！"我越说越觉得有趣。

她没听完就起身去洗漱了。

我当然清楚她的不安与埋怨。只是我还是无法说服自己去做一件我不熟练又不喜欢的工作。

在念书的时候我可以去任何地方打工，心里会因为觉得反正可以随时辞职而没有顾虑。

　　但一旦离开学校，这一切就都不一样了。如果面对一份不喜欢的工作，还得一直持续下去，并且还不能想走就走，那对于一个孩子来说是一种挑战，一种对以往二十年生活习惯的挑战。

　　当然，这都是借口！
　　这个世界根本就不缺借口，缺的是出口。

　　她洗脸洗了一半就哭起来了。
　　我根本不知道她是哭了，还是没哭。
　　这脸上的是水，还是泪水。

　　"卫决，你听清楚，我不要你成功，成功会让人改变，会难以自控。但我更不要你一无所成，因为那样会更容易让人改变，会更加难以自控。这个世界和你想象的完全不一样。如果你喜欢用你的想象去看世界，那么恭喜你，你是艺术家；但如果你只用想象去看世界，那么你就是一个彻头彻尾的傻瓜！我这辈子都没想过要做什么样的人，也没想过要有多少富余的存款，甚至随便找个地方要饭我也没觉得不安。但是你让我不安。如果我一直在前进，你却一直保持原状，那你会越来越焦虑的。这种焦虑会改变我们的相处，会使得一切都变得坚硬而无法沟通。你也许不明白，但是你得听我的话，去做一切你想做的事儿。前提是你能为了你想做的事儿而忍受你不想做的事儿，也只有这样，你才能渐渐分辨出哪些是你真正想要的，哪些只是一时的幻象！"

　　她一口气说完，呼吸急促，胸口剧烈地颤抖。

　　我没有给她想要的回答，真实生活不同于剧本。

　　此时应该深情相拥，还是歉疚地低头？或者来个世纪之吻？

　　然后立马就投身创业之路，没几年就当上总经理，出任 CEO，迎娶白富美，走上人生巅峰？

　　她见我迟迟没有回应，关上门就走了。

　　其实我不是不想回答，不是不明白她说的，我只是希望她能过来抱抱我，告诉我"别着急，一切都会好的"。

　　我希望她能让我感受到安全和平凡。那种安全和平凡很重要。

　　对于一个四面南墙的困兽而言，安全和平凡只是一个确定的眼神。

当天我就面试了几份工作。

其实我早就在网上四处投简历了，只是不想说出来。

因为我觉得我这种没事儿爱辞职的主儿，又私底下偷偷到处找工作显得很丢面儿。

下午三点前就确定了第二天的工作。

我进了一家做纸黄金的公司。

虽然我很清楚这是一份投机加销售的工作，但我还是接受了。

我想象着拿着第一个月的工资拍在她面前和她说："以后每个月我都要拍这么一点儿钱在你面前，虽然就这么一点儿，但我拍在你面前了，就不打算拿回来了，滚出去资本主义吧你！"

我兴冲冲地回了家，看着凌乱的房间决定好好打扫一下。

每个角落，都不能放过。

一定要在她回来之前完成，亮瞎她的双眼。

我洗了烟灰缸，刷了茶壶内壁的茶渍，收起了夏天用完一直没收起来的风扇。

扫地，拖地，再跪下来用抹布抹地。

把前几天的碗都刷了，还煮了一锅饭。

心想着家里还有两份速食牛排和咖喱酱，晚餐一定很美味。

但直到晚上七点，她还是没回来。

我把牛排也煎好了，咖喱酱汁也热好了，她还是没回来。

我开始感觉不安。打电话给她，没人接。再打，还是没人接。

我决定去她上班的地方找她。快十一月了，晚上已经明显感觉到冷了，我心想着得给她带件外套去。

打开衣橱，我傻了。

衣橱空了！她走了？

我不停地给她打电话，她一直是关机。

我瘫在地上止不住地哭，也不知道在哭什么。

当时还不知道悲伤，只是一种惊慌。

我开始给她发短信，无数条短信。

愤怒地、沮丧地、痛苦地求她别离开我。

半小时后她回来了。

"傻瓜，怎么了你？发那么多条莫名其妙的短信！"

"你怎么走了，你怎么就这么走了？"

"我没走啊！我中午回来了一趟。快冬天了，我把快要穿的衣服都送去洗衣店了，放在衣柜里都有味道了！"

"那你怎么不接电话啊？"

"我故意的。我不想接。我心想，这么晚给我打电话，肯定又是告诉我你在哪家餐馆喝酒吧。你哭了？"她盯着我的眼睛。

"没，我只是眼睛有点儿涩涩的而已。"

"你的眼睛一直都是色色的！"

我顾不了那么多了，我抱着勒死她的决心抱紧她。

那晚像是有惊无险的劫后重生，像是世界末日的恐慌被粉碎。一切美得不像话。

天总在变化，人总在变卦。

生活不会到这里就结局的，结局是否大团圆只有临终那一刻才晓得。

青青还是离开了我，我原本以为只要我努力工作，一切就会越来越好。

但事实上，我们各自面对工作的压力，情绪都越来越坏。

后来因为年纪关系，她家里希望早些结婚，而我本身年纪就小她三岁。

说娶，我是愿意的，可是我的年纪注定了我的经济实力。

娶，从一个字变成了一根刺，钉在了我的命门上。

她当然不是因为钱离开我的，是因为我的没钱而离开我的。

这么说，很容易让人误会吧。

其实我觉得大多数故事都是这样的，男人以为女人是因为男人没钱没本事而离开他的，其实完全不是那么回事儿。是男人知道自己没钱没本事，越没钱越觉得自己没本事，越自卑，越自卑越没本事越没钱，然后越来越焦虑越来越暴躁，越来越泪丧，直到整个人的精神状态和对待恋人的态度都完完全全地改变成了另一个人。这时候，甚至会说一些反讽的话逼自己的恋人离开自己。这种行为与用自虐来换取一点点儿关注的孩子没有差别，是潜意识里一种无力而近乎自杀的求饶。

是的，就这样，分手了。

但这几年里我越来越爱她，
在心底越来越珍惜起那段日子。

有时候我会偷偷地想，还会遇见吗，
像偶像剧里一样，
某个午后，某个街角，某个笑容，那么熟悉，那么闪闪发亮
闪闪发亮？
会在什么时候再遇见呢？这辈子？下辈子？

越是平凡的陪伴越是长久，
我希望你是温暖的有人陪伴的。
其实我们就是生病了，
然后在生病的过程里爱上了病痛的折磨，
于是久久不愿意痊愈。
总有一天我们都会好的，
就像第一次遇见你，就像从没遇见你。
笑得干脆自然，不留遗憾。

傻念头

君若尝为了一瞬间的幻象

改变自己的人生轨迹呢？

1.

我不相信一见钟情，我也不相信意乱情迷。

刚毕业那会儿，我和所有年轻人一样四处乱撞，撞来撞去也逃不出销售的怪圈。于是，我不情愿地做了销售。我不知道有多少人是对销售这个行业抱有真挚的热爱的，反正当时的我和我周边的人都不太喜欢这个行业。因为好像做了销售就意味着要背下许多鬼扯的业务话术，要见人就露出标准的友善微笑，要接受各种无聊又洗脑的培训。

我进了一家做手机的公司。当时那个品牌还没有现在这么硬气。当智能机刚开始流行的时候，它主推的还是半智能手机。半智能是什么？其实就是没智能，一个为了卖产品胡诌出来的词儿。当然这些词汇也都是在销售培训里被输入我们的大脑的。

站柜台一周后，我就被安排进了业务小组，和一群老男人一起去南京接受了封闭式的培训。当时，我心想着得偷偷多带些酒精饮料，备些糖果水果，不然一定会无聊至死的。到了所谓的"度假山庄"，我顿时觉得还行，没有想象的那么灰暗。虽然离闹市区远了点儿，不过住宿条件和地理环境都还是不错的。关键是，全公司只有我们分公司的这个小部门来的全是男人，其他分公司有男有女，品种齐全。男女老少，高矮胖瘦，聚在一个度假山庄里还是其乐融融的。

分房间，发房卡，登记工作证，安排培训课程及座位。一系列程序下来，我突然发现坐在我身后的居然是一个可爱的姑娘，瞬间就觉得一切死板课程都柔软了起来。男人就是这样的，任何时候任何地点，只要还能看见姑娘，一切就都还不算糟。其实也不求能发生什么，不求多好看，甚至不求能说上话，只要在茶余饭后有个念想就很美好。

第一天的培训课程主要是大家相互自我介绍。

然后一个假顾问开始在台上吹牛皮。

虽然很无聊，但也不是毫无收获，起码在自我介绍里我知道了坐在我身后的姑娘叫谢爽。

"谢爽？真是好名字，听了就很爽！"我故意说话轻浮起来，这是当时学校师哥教我的秘技。如果一开始就显得太礼貌会有两种效果：一种是让人觉得老实，老实就代表无趣；另一种就是装腔作势，假正经，让异性觉得是真轻浮。但如果来一点儿假不正经，姑娘通常会有两种反应：一种是懒得搭理，那么这种姑娘基本上可以放弃，自视甚高的再漂亮上手也慢，所以不是真爱就没必要勾搭；另一种会表示讨厌，但讨厌里会带着一丝笑意，潜台词就好比古装片里的姑娘说"官人，你真是讨厌"。只要有回应、有反驳、有讨厌，就有戏。所有爱情都跟打乒乓球一样，只要你打过去别人还愿意打过来，就有得玩儿。就怕是打保龄球，就算你全击倒了又怎么样，你只能再打一次。

　　但这一次的效果出乎意料。谢爽只是笑了笑，你猜不出她是把我的话当笑话一样走了个过场，还是她是真觉得有趣才笑出了声。而且她笑完了也没有说话，只是沉默地盯着我，好像在等我说下一个笑话。

　　她眼睛很普通，双眼皮，不大不小，可是很扎人，很入心。

　　那一瞬间我真想问"你有没有男朋友"。结果，我还真不要脸地问出口了。

　　"还没有啊。"她边说边耸了耸肩膀，摇了摇头。

　　这时，我的女朋友发来短信问我吃饭了没。

我顿时清醒了过来，然后耸了耸肩说："其实我也一样，也没有男朋友。"

她又笑了起来。我心想，确实挺好笑的。

之后我就转过身去，在假顾问讲课声的背景下默默地在讲义上画小人儿。

那晚，我和其他分公司的业务员一起连夜翻墙，进城喝大酒。

男人总是喜欢拉帮结派的，特别是在陌生环境下。而最快速的方法就是一起喝大酒，一起吹牛，一起聊女人。

酒桌上我接了两通电话，一通是女友的，另一通也是女友的。

她不停地叮嘱我要早些回去睡，在外地喝多了总是让人不放心的。

于是第二通电话我是在厕所接的，告诉她我已经回到房间，准备洗澡了。

结果她让我拍照片发过去，我随手就发了过去。

因为完全在意料之中，白天一到房间我就全都拍了个遍。

躺在床上的一张；厕所两张，一张是对着洗手台，一张是蹲在马桶上；还有一张是和同事的合照。

2.

　　大酒毕，我收到一条短信，陌生号码。

　　内容是："听说你去喝酒了，你打算什么时候回来？"

　　我心想，糟了，不会是被领导发现了吧？我赶紧把号码给几个烂醉的同事看，想确认是不是哪个区域经理或者顾问的。要知道，这种封闭洗脑课程要是被发现溜出去可是会出大事儿的，这种洗脑达人什么变态的事情都干得出来。虽然还不至于体罚或者罚款，但搞不好，让你上台跳钢管舞呢！

　　"哎呀，这不是谢爽的号码嘛！"一眼镜男说。

　　"谢爽？"一群醉汉应声。

　　"对啊，讲义最后不是印了所有人的姓名电话和区域部门嘛！"

　　"那你怎么这么确定这就是她的号码？"我问。

　　"这个嘛！哈哈，都懂的。男人嘛！多瞄了两眼。"眼镜男边说边发烟。

　　"那就好，不是被发现溜出来喝酒就好。"大家说道。

　　"哎，她怎么就给你发消息啊！看来某人不行啊！"有人看着眼镜男对我说。

　　"罢了罢了，天鹅肉塞牙，不吃也罢！"眼镜男说。

"对，你就适合吃鸡。"有人说。

我附和着笑，开始准备回复短信。

"快了，很快就回来。"不行，好像太随便。

"什么事儿？"好像我知道她是谁似的。

最终我回复了两个字："你是？"

结果她回复："没事了，太晚了，早点休息！"

那几秒钟，我突然觉得很失落。

可能是酒精的作用放大了感受。

其实我只是有一点点儿失落而已。

我是在喜欢她吗？我是正在喜欢上她吗？

我点上烟，深呼吸，坐上了大家拦到的第二辆出租车回去了。

第二天早上我确定了一件事儿，很确定。那就是我昨晚喝多了，头疼得厉害。明明早上洗了澡，却还是觉得脖子周围黏黏的，很不好受。她没有主动和我说话，整个上午都在沉默和沉闷里飘走。下课后，我又回房间洗了个澡。等我去餐厅的时候，大家已经坐满了，喝过大酒后的兄弟们都跟没见过肉似的在狼吞虎咽，完全没看见我。

这时候谢爽突然站起来，和我招手："坐到这边来，我吃完了。"

我有些别扭地走过去："你吃得这么快？"

"是你来得晚！"

"嗯，那个……"

"哦，对了，昨晚是想叫你过来打牌的，我们三缺一。"

这时候正在海吃的几个同事对我点头笑了笑，示意是她们。

我也不知道该说什么好，用标准的礼貌式笑容回应。

"今晚有空吗？"她问。

"啊？"

"打牌，玩儿吗？"

"好啊，不过我牌技不好。"

"没事儿，我们就需要你这种选手。"

那几秒钟，我好像完全忘了晚上女友会打电话来查勤的事情了。

果真，事情发生了。

3.

"你这牌也太烂了吧，一个炸都没抓到过！"谢爽大笑说。

"就是就是，快去洗洗手去去晦气！"一个女同事附和道。

"好吧，我刚好想上厕所。"我起身。

"上厕所啊，那可得好好洗，洗洗干净。"一个女同事说。

我上完厕所，洗手，对着镜子看了又看，又用水掭了掭鬓角的毛。

又觉得湿漉漉的会被看出来自己臭美过，于是又用纸巾擦掉了。

这时候有人敲门，我手忙脚乱地应道："好了好了，出来了。"

是谢爽，她把我的手机递给我。

我看了一眼，是女友的电话。

又看了一眼谢爽，她还是笑了笑，没说话。

"今儿也不早了，散了吧。"谢爽转过身对正在洗牌的两个同事说。

"再玩会儿吧？！"我说。

"不了，你快接电话吧。"谢爽说。

我此时才意识到电话一直在我手里震动。

在此之后的五天里，谢爽没和我说一句话。

我无论说什么，她都只是笑笑。

五天后培训结束，临走时大伙儿在山庄门口等车来接。

我一个人在餐厅门口抽烟。谢爽好像知道我在这儿似的，也走了过来。

"我没有男朋友，那你有女朋友吗？"谢爽问。

我没回答，继续抽着烟。

"你做我前男友吧。"谢爽笑着打趣。

"什么——"

"别装了，来电显示是 dear。"

"嗯，我没说我没女朋友啊。"

"有劲吗？"

"没劲。"

"所以啊，也没什么可所以的，再见了。"

"会再见吗？"

"讲义上不是印着我的号码吗？你敢打吗？"

"有什么不敢的！你敢接吗？"

谢爽仍旧只是笑笑。

　　后来我们没再见过，我也没有打过那个号码。在回去的路上我就把短信删了，也把讲义最后一页上的号码用笔涂掉了。后来我遇到陌生号码的电话总是有些兴奋，但始终没接过。没几个月我和女友也分手了。原因是她在夜校学法语的时候认识了一男的。他法国骂人话说得特别好。真的假的谁知道呢。有时候我也会想，如果当初我打了那个号码，或者我接了某个陌生电话，我们各自的人生会不会都变得不太一样。或许我和她会在一起，会很开心呢。会吗？

　　不会的。

　　很快我就有了答案。

　　因为我并没有因为她的再见而失落多久。

　　我照旧过着我的生活，

　　只是偶尔想起来有些念想，有些幻想。

如果真的爱，早就死去活来了。

但爱是存在过的，它用一秒的误会给我们一生的安慰。并不是我选择了你或你遇见了我，而是爱情在一瞬间随机抽取了我们的缘分，把我们放在一起。它想看一场好戏，于是我们就演一场好戏。戏好，我们就假戏真做；戏不好，就各回各家。

一生里总有那么几秒钟会突然心动。
那几秒让你觉得人生可能会有另一种可能的存在。
但是否要为了一瞬间的幻象改变自己的人生轨迹呢？
其实那几秒钟不过也只是漫长一生里的几个傻念头罢了。

我不相信一见钟情，也不相信意乱情迷。
所有情感的发生都有一个原因。
这个原因能维持多久爱就有多长。

恋
味
记

我们能做的，
就是尽可能地用心。

1.

　　天气越来越热，我看着自己已经无法缩水的身体感到莫名的绝望。我希望所有人看到我之后都能在视网膜里自动失焦，多近多远都必须失焦，因为只有这样才能让我觉得好受一些。想想十八九岁的自己站在镜子面前舍不得走开，好像多看一眼自己，都会觉得很快乐。

2.

那时候常有这样的对话。

"温大小姐，别照了，再照，镜子都要害臊了。"

"姐姐，你这是赤裸裸的嫉妒。"

"是啊，是啊，能不嫉妒嘛，最美不过年少。"

"对了，能把你的面膜借我用用吗？"

"假客气，臭丫头。"

这两年姐姐搬出去住了，而我也有了自己的生活。我不会做饭，常常依靠炸鸡、泡面和压缩饼干度日。地心引力对我的作用力也随着时间和垃圾食品的量变而越来越强。每次站在体重秤上，我都有一种我是一个铁块而秤是吸铁石的感觉。

3.

　　这样的日子没有持续多久，随着姐姐失恋搬到我的住处之后就发生了改变。姐姐是一个温暖的小厨娘，做起菜来也有着不同于饭店大厨的卖力节奏，是一种辛勤的优雅。她的手指纤细，不留指甲，做起事儿来干净利落。但我还是喜欢她煲汤、熬粥的样子，很慵懒，很自然。一份杂志或者几根烟，她就这么待在厨房里，安静地等待，像是顺着时间的脚步，也像是在和时间对抗。

4.

　　姐姐搬来的时候没有刻意掩饰自己的痛苦。

　　她对我说的第一句话就是："姐姐失恋了，需要妹妹收留我一段时间。"

　　第二句是："不过我可以给你做饭。"

　　就这样，我过上了健康饮食的生活。可能是因为失恋的缘故，她居然没有讽刺我的身材；也或者因为失恋的缘故，她根本就没有注意我的身材。

5.

她的菜单里没有任何油炸菜品，甚至连快炒也没有。

基本上都是蒸、煮、炖，还有各种凉拌。

给我印象最深的，就是姐姐做的蒸鸡脯。

因为姐姐很少吃肉，而我却是绝对的肉食狂热分子。

在相处三天后，我实在无法忍受每天过清粥、小菜和凉拌黄瓜、番茄的日子了。

6.

"我要吃肉！"

"你还打算嫁人吗？"

"胖死也要吃肉。"

"也是，美食与自己的关系，绝对比男人与自己的关系要可靠。"

我突然觉得自己惊动了姐姐的那根弦，发出了一点儿悲伤的声音。

7.

姐姐说，食物和人的关系其实很有趣，那是一种能量的转化。任何一种食物吃到肚子里，都会转化成各种能量。然后能量被消耗，耗尽后，你就又产生了饥饿的感觉。但现在的社会，得到食物太容易，容易挑花了眼。有些人不知道晚餐到底该吃什么，有些人索性吃完一摊又一摊。肥胖就是贪心的证据，是能量堆积后的报应。有时候食物吃得太多，反而容易被食物吞食。

8.

姐姐说，想要减肥，就要对食物有敬畏之心。每一餐就像是一生，你要仔细体味你舌尖上的味道和口感。如果你打算贪吃，为了饱一时的口舌之欲，最终只能肥胖至死。

不过，无论姐姐对食物有多少理解，对我而言，她的手艺才是我热爱的关键。她做鸡脯肉之前，会先做牛肉。她说，这两种肉类都不容易发胖，适合我这种食肉的女人。

9.

　　她先在锅里干炒八角和花椒，直至香味四溢。然后倒出来，把八角、花椒全都包进白色小布袋里。牛肉下锅炖煮，同时把布袋放进去。炖上两个半小时左右后加盐。之后把牛肉捞出来，冷却后切片。最后把切好的牛肉浸泡在汤里，再放进冰箱。鸡脯肉切成条状，用黄酒、姜丝、蒜末腌制。在蒸之前，舀一勺之前的牛肉汤，再切一些生菜末搅拌其中，放几片牛肉盖在鸡脯肉上。入蒸锅，大火一刻钟就足够了。

　　这样做出来的菜效果很特别，看上去平淡无奇，但汤汁奇鲜无比。鸡脯肉的鲜味和牛肉的鲜味混合，会产生奇妙的化学作用，其中的生菜末也让这道纯肉美食增加了一点儿植物的香气。虽然比不上一大口东坡肉或者炸鸡的快感，但想要减重，也只能这样了。

10.

姐姐说，任何一种好的食物都需要慢慢来，你永远不知道，如果中间哪一道工序错乱了一点儿后会发生什么样的反应。是意外收获奇妙味觉，还是所有努力和等待都白费了，这些都是意料之外的事情。我们能做的就是尽可能地用心。

当时我只顾埋头苦吃，完全没想过她的话，总觉得她只是失恋后遗症。

11.

几个月后，姐姐搬走了，我瘦了。

又几个月后，姐姐结婚了，嫁了一个比她小又爱喝酒的男人。

我不解，为什么她要选择一个小酒鬼呢?

她在为数不多的一次醉酒后告诉我，那是因为爱。

后来我想，也许她就是那么简单地想给他做几道下酒菜吧!

但为了心爱的人做上几道下酒菜，谁说不是最真切的爱呢?!

12.

我始终没有学到姐姐的厨艺。

我想，烹饪技巧只是一种通过训练就可以精细量化的熟练工种。而真正的做菜，是一种心有敬畏、心有暖意的真切表达吧！

出轨的男人

爱有真远，

我们才散术认，

其实有些紧啊，

不用凉了，

已是等了。

1.

"离婚吧！"

"好。"

顾淑雯想要听到的回答当然不是一个"好"字。

但她无力再做挣扎。

林晓峰迅速把衣服收拾打包好，离开了。临走前把钥匙放在了桌上。

"房子存款留给你，我一分钱都不要；女儿的抚养权你想要就拿走，如果你觉得不方便就给我，我也不和你抢。车子我开走了，这么多东西我也不好拿，反正你也不会开。如果你也想要车子，我明天就再给你开过来。"

2.

林晓峰的话说得很礼貌，很体贴。但如果离婚这么方便，那还结婚做什么？

顾淑雯原本想的情景不是这样的。她以为离婚会像所有电影里演的那样，为了分财产而破口大骂，为了孩子的抚养权而软磨硬泡，然后在法庭上针锋相对，百转千回，最终还是为了多年的陪伴与习惯而重归于好。但顾淑雯想错了，林晓峰不是那样的人，与其说他简单，不如说他纯粹。这么多年，顾淑雯还是不了解他。

但也许有很大一部分人在说离婚的时候都是那么想的吧！离婚说出口，但离婚官司总是不好打，所以还有周旋的余地。离婚只是一个想要发泄的借口，甚至以为可以通过这样伤人的发泄来作为一种沟通，说出那些平时不敢说的话。只是这种行为就像是跳进大海解渴的人，有些人干脆淹死了；有些人深谙水性，但游得再久、再远，海水也是解不了渴的。

3.

顾淑雯看着墙壁上的钟，她知道一切都回不去了，时针走得再慢，秒针也从未停过一秒。七年的时间就像是一场大雨。雨停了，还没看见彩虹，就遇见了一场大风，刮走了所有的青春和用青春换来的所有。但林晓峰走了，她该拿什么来证明自己青春过呢？

她点了一根烟，长长地叹了一口气。

她心想，她没做错，她无法容忍出轨的男人。

所以离婚是对的。

4.

其实，早在一年前，顾淑雯就请一个警察朋友帮她调查林晓峰，但一直没有线索。

后来又请了私家侦探。私家侦探查到，这几年里，林晓峰在同一家酒店开了七次房。

顾淑雯质问她的警察朋友，为什么明明查到了还不告诉她。

警察朋友说，都是过去的事情了，没必要提了；而且这并不能证明他开房就是和异性，就算是异性也不代表就是出轨啊。

顾淑雯当然是不听劝的，否则也不会大张旗鼓地找私家侦探了。

5.

"他就是变心了。他嫌我胖了、老了，看见嫩的就口渴，就皮痒！"

"淑雯姐，你想多了，你不记得他每晚都给你准备第二天的便当了？"

"废话，他本来就是餐厅的行政主厨，他不做饭谁做饭？"

"你加班他都在门口等你呢。"

"废话，他的餐厅晚上九点就不接客了，做完菜就下班，他当然该来接我。"

任凭同事怎么安慰她，她满脑子想的都是林晓峰出轨的卑劣行径。想着他的身体被其他的年轻女人抚摸过、拥吻过，甚至还睡了整整几夜，她就恨不得立刻废了他。

她本来以为离婚会很困难，她本来以为她会在法庭上用他出轨的证据当作争夺抚养权的筹码。但她的以为最终也只成为了以为，林晓峰居然什么都没说就同意了离婚。

顾淑雯看着自己愈发臃肿的身体，再也无法用笑纹来解释的鱼尾纹。她开始更加憎恨林晓峰。是这个男人夺走了她最好的年华，最后只留下了这么一副臭皮囊给自己。

6.

七年前顾淑雯二十三岁，体重再重也不会过百，一米六九的身高，标准身材。

林晓峰也还只是五星级酒店的厨房小学徒。每晚他都会把新偷学来的菜做给她吃。

有时候难吃，有时候特别难吃。

但她都吃完了，然后耐心点评，生怕刺伤了他的自尊心。

要知道二十来岁的男生总是特别喜欢捍卫自己的能力和尊严的。

那时候他们住在一个出租房里，是那种不知道何时就会拆迁的平房。

但对他们来说，那就是一个家，一个好得不能再好的家。

睡觉的时候，他们抱得特别紧。

他喜欢高枕头，她就把两个枕头叠在一起让他用，她睡在他的臂弯里享受他的体温与呼吸。时间久了，就算她还没钻进他的臂弯，他也会下意识地留出一个身形的位置。他尽情地打着带着强烈节奏感的呼噜，她听得很舒服。

7.

　　林晓峰是个很体贴的人，家里所有的家务他都包了。一开始她还会因为看到干净整齐的房间而感到惊喜，然后送给他一个大大的拥抱作为感谢；一开始她还会偶尔替他洗洗衣服；一开始她还会在他还没醒的时候，起来熬粥给他喝，但那都只是一开始。

　　后来，林晓峰主动包揽了所有的家务，她变成了一个除了上班工作什么都不会的人。但她还是过得甜美，美得不像话。所有关系不好的同事都在背后议论："顾淑雯这个精明鬼不知道怎么找到了这么一个任劳任怨的好小伙儿，肯定是骗来的，说不定是入赘！肯定是包养！"虽然听起来不是好话，但话里透出的嫉妒，让她觉得幸福。夸林晓峰，就是夸她；嫉妒她，就是因为自己幸福。

　　林晓峰进步很快，没几年就做了副主厨。
　　顾淑雯胖得很快，没几年就胖到了一百二十斤。
　　但林晓峰仍旧爱她，仍旧变着花样给她做好吃的。
　　顾淑雯仍旧吃得幸福，而且绝不浪费。
　　林晓峰还是包揽家务，而且每晚来接她。
　　顾淑雯还是觉得幸福，只是开始抱怨他的黏腻。

8.

　　顾淑雯在二十六岁那年，嫁给了林晓峰。

　　顾淑雯在二十六岁那年，第一次和林晓峰吵架，为了一件完全记不得的事情。

　　这些细节一一浮现。

　　顾淑雯一个人呆坐在客厅的沙发上。

　　她突然意识到，这个家，终于变成了只是一座漂亮的房子而已。

　　少了人味，少了偶尔的拌嘴，少了可以做梦的臂弯，少了那节奏感强烈的呼噜。

　　家褪色成了一座漂亮的房子。

　　以前她需要指甲剪时，她对着他大吼一声："指甲剪在哪儿呢？"指甲剪就会自动出现在她的面前。

　　而现在，她只能对着空气自言自语，自问自答，翻箱倒柜也找不到想要的物件。

　　人是很奇怪的动物，明明只是少了一个人，明明还是一样面积的房子，可是就是觉得空出来一块，一大块，很大一块。

　　睡前在镜子面前看看自己的脸，顾淑雯发现，好像就连夫妻相里的夫也被皱纹拖垮了。

9.

她突然想到他离开了家根本没地方住，还有那么一堆行李。

她忍住眼泪打电话给他。

"你在哪儿？"

"在清坛酒店。"

"你怎么在酒店？"

"没事儿，我已经在找房子了。"

顾淑雯立刻赶了过去，电话都没挂。

林晓峰听着她喘息的声音，也没挂。

10.

酒店大厅，林晓峰坐在沙发上等着。

"不要脸的东西，你很喜欢开房嘛！"她说。

"没有啊。"他说。

"别以为我不知道，我只是懒得计较，你在这家酒店开房开了七八次了吧！"

"我不记得了。"

"你还不记得！开房开得太爽，不记得了啊！"

"我不想记得不开心的事情。"

"哎哟，你还不开心了。你说说你怎么不开心了？"

"其实每次你和我吵架，把我赶出来，我都没住朋友家。我不想别人觉得我们感情不好，所以我都偷偷出来开个房间睡觉。我知道第二天你一定会让我回去的，我知道你其实不坏，不是真的想赶我走。"

11.

　　这时候顾淑雯才想起来，才明白过来。眼前这个被自己误解的所谓的出轨男，其实不过是一个被心爱妻子的怒火赶出家门、无家可归的人。那七次的开房记录，不是偷腥记录，而是吵架的记录，被妻子驱逐的记录。

　　她一下子抱住他，然后哭得不能自已。
　　她闭着眼睛，眼泪止不住地往外流。
　　她哭遍了所有回忆里的细节，哭淡了自己所有骄纵的脾气。

　　"晓峰，我们回家吧！不离婚了好不好？"
　　"我没事儿，朋友已经帮我找到房子了，一会儿来接我。"
　　"不找房子了，我们回家啊！不离婚了啊！"
　　"淑雯，我累了。其实我不知道你为什么要和我离婚，我也不知道是不是我哪里做错了。每次你和我吵架我都不说话，每次你赶我出门我都不生气，因为我知道你其实不坏，不是真的要赶我走的。我在心里对自己说，只要不说离婚，我们就永远都是感情最好的夫妻，你说的都是气话，都不算数。但这次你说了，我突然明白，真正好的感情不是通过忍耐换来的。抱歉！"

12.

　　林晓峰的朋友在大门口和他招手，他拎起行李箱坐进了朋友的车里。顾淑雯的心里空了一块似的不知所措。这时候，林晓峰突然从车里跑了出来，顾淑雯擦着眼泪也走了过去。

　　"他舍不得我，舍不得我，以后我一定好好对他。"一瞬间，她在心底这样想着。

　　"对了，这是车钥匙，留给你了。买了没多久，卖到十五万应该没问题，别给人骗了。走了，有事电话联系。"说完他就上车走了。

　　她一个人呆呆地立在酒店的门口，像是一根路灯杆，在风里一动不动。

　　天都黑了，一排排路灯都亮了起来，只有她这盏路灯停在了熄灭的状态里。

　　要走多远，我们才敢承认，其实有些爱啊，不是淡了，只是算了！

有些怪物

当初说好带了了结此"改变"。

却没想到结果是我改了，

而你更了。

1.

阿芝是我所有朋友里最强势的姑娘，做起任何事情来都风风火火。

一个瘦弱的身体支撑起一张遇到任何事儿都没问题的脸。

"老板，再来一份水煮鱼！"阿芝说完就送了一块东坡肉到嘴巴里。

"你不减肥了啊？"我说。

"减肥？我都瘦成这样了。"

"可是……也是，现在你都瘦成这样了。"

"再加一份麻辣小龙虾，三斤的。不对，哎，点五斤是不是送两斤啊？"

"对。"老板说。

"那来五斤！"阿芝说。

周围的客人都齐刷刷地用目光扫过我们这桌。

男人们瞬间都眉毛上扬，露出眼白，弹出惊悚的表情。

一个个吃货女都在笑容里默默地给阿芝点了一个赞。

2.

其实阿芝从前不是一个瘦子。那时候她读大二,一百五十四斤。

但看起来不是那种很肥腻的感觉,就是觉得很强壮。

做任何动作都很灵活,身边的朋友也没觉得有什么问题。

她不常出汗,也不是很爱吃油炸食品,所以没有一些胖子身上的油腻味道。

我们都还挺喜欢和她混在一起的。

但每一个胖子都会遇到一个让她有情饮水饱的人。

阿芝也不例外。

她遇上了浩子,浩子是当时学校里最具偶像气质的男生。

可以说,他的整张脸像是被上帝抚摸过一样。

当所有男生三七分刘海儿的时候,他已经留起了长发。

当花样美男流行起来的时候,他又剃成了圆寸。

他永远最特别,永远有着怪物的属性。但这个怪物很好看。

3.

浩子什么都好。对姑娘体贴，懂得浪漫，唯独迷恋游戏。那个年纪的男生好像都是爱泡网吧的。通宵大战，一碗泡面，半包烟，就像是进了鸦片馆一样销魂。

浩子常常让我们给他送烟去，他有时候一个晚上能抽掉一包。有一次浩子打电话给我，让我给他带包烟过去。我和胖子在餐馆喝多了，就让光吃不喝缺乏运动的阿芝去。阿芝拿起桌上的中南海屁颠儿屁颠儿地就去了，胖子喊"浩子只抽烤烟"，没说完，阿芝就已经没影了。

后来，阿芝描述起那晚在网吧看见浩子就一见钟情的故事让我们很信服。
因为网吧里大多是蓬头垢面、张牙舞爪、满身汗臭的宅男。
唯独浩子鹤立鸡群，干净的圆寸、干净的衬衫、干净的七分裤，连身上都是洗发水的味道。

阿芝像是在看怪物一样看着浩子。
旁边的人像是在看怪物一样看着阿芝。

阿芝觉得浩子像是地狱里的天使。

旁边的人觉得阿芝像是地狱里的巨婴。

4.

　　这不是典型的励志故事，也不是什么肥姐减肥成功最终抱得美男子的桥段。事实上，阿芝三两下就搞定了浩子。当时浩子接过烟，看了一眼阿芝，礼貌性地笑了一笑就继续游戏里的厮杀。阿芝给浩子点火，浩子一口喷了出来。

　　"我晕，中南海啊！"

　　"嗯啊！"

　　"我不抽这么淡的。"

　　"那你抽什么？我去买。"

　　"红塔山、长白山都行！"

　　"行！"

　　阿芝又屁颠儿屁颠儿地去买烟，屁颠儿屁颠儿地回来继续给浩子点烟。

　　一阵烟雾缭绕之后，浩子说："怎么是你过来了，卫决呢？"

　　"他喝多了。"

　　"胖子呢？"

　　"陪卫决喝多了。"

　　"嗯，他总爱和胖子喝酒。"

"你总爱打游戏吗？"

"是啊，这年头打人犯法，只能打打游戏了。对了，谢谢你了，烟钱明天给你。"

"钱可以不用还。"

"这意思是要以身相许了呗？"

"好啊。"

浩子的"以身相许"当然是开玩笑的。

阿芝的"好啊"是认真的。

"别逗了，姑娘都讨厌男人玩游戏。"

"我不讨厌。"

为了证明不讨厌游戏，阿芝立马充钱开了一台机子陪浩子一起玩儿。

后来，阿芝在游戏里嫁给了浩子。他们在现实里谈起了恋爱。

5.

"我决定了，分手。"说着阿芝塞了一口鱼片在嘴里。

"你想清楚了？"我说。

"嗯。"这声"嗯"不知道是她噎住了还是回答。

"你少喝点儿。"我说。

"不行，鱼刺卡住了。"

"那你得喝醋！"

"我这些年吃的醋还少啊！"

"喝醋据说也能减肥，促进消化嘛！"

"我这些年减肥减得还少啊！"

确实，阿芝减的真的不少了。

6.

　　和浩子在一起的日子并不平顺，总有些姑娘命犯花痴，不能自拔地爱上浩子。浩子倒不太在意，也不回应，但这对阿芝来说无疑是很大的挑战。于是，虽然已经是浩子的女友了，但她还是决定减肥。减肥这件事儿当然不轻松，来来回回七八次都没成功。

　　直到毕业，双方见了家长，浩子的父母一个劲儿地反对浩子娶一个一百五十多斤的姑娘。阿芝为了这件事儿哭了很久。我们当时不知道阿芝是气哭的，还是饿哭的。总之不到半年，阿芝就变成了现在的样子。瘦下来的阿芝变得很好看，有点儿像一个新加坡的女歌手蔡淳佳，但个性还是风风火火，像个大哥一样。所以我们喝多了偶尔会叫她"芝佳哥"。

7.

　　根据肥皂剧的规律，这时候，王子和公主应该要过上幸福快乐的日子了。

　　但并没有。

　　浩子毕业后，因为长了一张好看的脸加上一张没边儿的嘴，做了珠宝销售，很快就升了店长，又当了区域经理，事业风生水起。阿芝还是自卑的姑娘。其间浩子还出轨了一次半。

　　第一次是个同校师妹过来应聘，借着阿芝的关系介绍到了浩子手里。浩子觉得她不适合做销售，一连几次回绝了。后来这师妹找到了其他更合适、更对口的工作，说要感谢浩子，于是约了浩子吃晚餐。浩子没多想就去了。浩子的酒量一直不好，没多久就找不着北了。再次醒来的时候是在酒店房间，阿芝是接了那小师妹的电话才赶过去的。至于浩子到底有没有做出格的事情，阿芝不知道，也不想知道。

　　后来那师妹还三番五次地打给阿芝，说如果不把浩子让给她，她就去跳楼。

这些事儿浩子一律不管，都是阿芝帮忙善后。

阿芝说，浩子忙事业，自己没本事，总是该多包容一点儿的。

另外半次，是浩子的一次通宵未归。

阿芝问他原因。浩子说是自己的女领导和自己表白，为了不想丢工作，所以陪女领导说了半夜的话才摆平。

不管我们信不信，反正阿芝信了。

我们都怀疑，阿芝对浩子的相信，是一种迷信。浩子迷住了她，她也只好信了。

8.

一年后，浩子的家长以阿芝没有好工作为由，再次提出让他们两个分手。

阿芝也就是从那时候开始走上了女强人的不归路的。

她开始做小商品批发，摆地摊、开饰品店、开化妆品店，一路马不停蹄地赚钱，日夜不眠地拼命努力。想要证明给浩子的家长看，她是配得上浩子的。

但也因为少了这么一个每天帮他做早餐，每天晚上给他洗衣服，少了天天陪他的人，浩子又开始迷上了打游戏。

对于浩子，我们还是了解的，还不至于下作到因为寂寞而去猎艳。

但这场游戏一打就是三年。

因为一连三次把柜台钥匙遗失，或者干脆就落在了柜台上，浩子被连续降职，最后被分到了一个郊区的分店里。

于是浩子索性辞了职，开始了专心打游戏的日子。

9.

　　家里没人整理，乱成了废墟。女强男弱的日子过久了，总是要失衡的。

　　浩子没了自信，阿芝也没了耐心。两人的口角战一打就是半年。

　　其实我们都知道最终还是浩子提出了分手。

　　虽然阿芝不承认，毕竟她已经不是那个满心委屈一心坚强的傻姑娘了。

10.

"你提出分手，浩子怎么说？"我顺着阿芝的话往下说，又给她把酒满上。

"他还能怎么说？这些年我该付出的都付出了，还要我怎么样？！"

确实是这样，阿芝这些年一直努力减肥、努力工作，就是为了有一天能站得离浩子近一点儿，再近一点儿，然后永远肩并肩地站在一起。可浩子却躺了下来。我记得那段日子里，阿芝发过这么一条让人心疼的微博：

"当初说好要为了彼此'改变'，却没想到结果是我改了，而你变了。"

"这么多年的感情，说分就分？不怕后悔、遗憾什么的？"

"说后悔我没有，我爱他，从一开始就是我努力地爱他。我没后悔，遗憾是有一点儿。"

"多大一点儿？"

"说不好，这要分了以后才知道吧！"

"我觉得你和浩子都是怪物，不是我们能理解的。"

"其实可以理解，我正常了，他却没有。所以只好分开。"

阿芝说话越来越直接，越来越直指要害。

她用湿纸巾擦了擦手，又开始剥小龙虾了。

邻桌的人像看怪物一样看着这个瘦小的大胃王。

阿芝像看见羔羊的狮子一样一刻不停地吃着。

11.

送阿芝回家后，浩子又约我出来喝了几杯。

浩子酒量见长，说了一堆我听不懂的话。

但我记得他说，他其实很爱阿芝，并没有脸上表现的那么无所谓。

不然也不会在她最胖的时候接受她，即使家里反对也一路坚持着。

但相爱这回事儿，并不是坚持一路就够的，要坚持的何止是一条路。人生漫长，坑多，弯多，像是个总看不到出口的迷宫。一开始捧着一颗想爱的心，一路跟着对方走。走久了，累了，发现还在原地打转儿，心里就萌生了想自己走的念头。那念头并不是为了分开，而是为了能够凭借自己的努力找到迷宫的出口，找到出口就回过头来领着心爱的人一起走。一不小心，一路的坚持，就变成了拼尽全力的飞驰，直到最后只剩下疲惫的松弛。

想爱，只是一时之间脑子一热的怪念头。

而相爱，却需要一双捧着对方那颗心的柔软而温暖的手。

多少故事都是一开始脑子热了，后来心却凉了。

12.

其实我们都是这个寻常星球里的怪物。

有些怪物互补，然后走了一段长长的路。

有些怪物无论走了多远的路，也还是于事无补。

那些日子，你会不会舍不得

人就是选择。

当你面对两种人生选择的时候，

你的唯迟来自于该放弃什么。

1.

我们每个人都曾经想要飞，但最终都留在了地上。

2.

前些天，女朋友生日，女朋友的朋友失恋了。

女朋友的朋友叫元宝。

她们几个姑娘的生日离得近，所以大伙儿凑在了同一天庆生。

提前一周就开始根据各种 APP 测算天气情况，生怕遇上雷雨天，打火机还没用上，一个雷电就把蛋糕霹燃了。

没有预料的雷雨天，天空放晴，但元宝的眼里下了场大雨。

这个故事大概要从头讲起。

3.

　　元宝是个典型的外地姑娘，拥有所有外来务工小姑娘的常见经历：进服务行业打工，住员工宿舍，有一群七嘴八舌的小姐妹，操着一口不太标准却已经沟通无碍的普通话。但她进城的机缘却不那么寻常。

　　她的男友叫阿灿，是北京土著。三年前，因为在校打架闹事儿被记过，而后当然免不了家里的斥责和管教。和所有年少轻狂的故事差不多，离家出走是最容易萌生的想法，也是最容易实践的行动。阿灿卖了吉他，卖了摩托车，一路南下。钱花得差不多的时候遇上了元宝。那年元宝十九岁。

4.

　　元宝的父母是在县城开小百货铺的。阿灿误打误撞地进了店里，有模有样地开始挑选可以充饥的食物。其实是早就计划好的一次抢劫。抢劫内容包括饼干、火腿肠、面包，还有两罐红牛。一切进行得还算顺利。这种县里的自家小店当然是没有监控的。可是正当阿灿要抱着战利品逃跑的时候，不小心绊倒在门口拴狗的铁链上。狗可能是愤怒了，也可能是受到了惊吓，"汪汪汪"地叫了起来，阿灿的计划失败了。

　　"你没事儿吧？"元宝走过去问。

　　阿灿不说话，他也确实不知道该说些什么。

　　只是死死地盯住那只狗的眼睛，仇视地望着它。

　　"你怎么了？"元宝又问。

　　阿灿看着散落一地的东西，感觉自己脸上火辣辣的，眼神从仇视变成了小孩儿似的埋怨。

　　狗还在叫。阿灿还在地上。

　　"趴着别动！"元宝严厉地一声吼。

　　阿灿立马趴着不动了。狗也趴了下来不叫了。

　　"先生，你快起来啊。"

这时候阿灿才反应过来，那严厉的一声吼不是对自己的，于是站起了身。

　　"这些东西你都要吗？"

　　"都不要了。"

　　"可是那个坏了也没法儿卖了。"

　　元宝看着在地上摔出一个凹槽的易拉罐。

　　"我没钱。"阿灿说。

　　"那送你了。"元宝边整理地上散落的东西边说。

　　阿灿看着元宝。

　　元宝笑了笑，把捡起来的饼干、面包、火腿肠都推到阿灿面前："都送你了。"

5.

阿灿头也不回地走了，手里只拿了那罐砸歪的红牛。

半年后，阿灿回来了，手里拿了罐全新的红牛。

"还你。"

这次阿灿是毕业旅行来的，不是离家出走的。

故事就从这里开始了。

6.

　　我们准备的野外自助烧烤也开始了。我按照女友鼻孔所指的方向，加上眼神里透露出的带有杀气的指令，开始就地开垦，搭帐篷，组装烧烤架，准备引燃木炭，再往一次性杯子里倒上饮料。

　　"我和阿灿就是这么认识的。"元宝对着我女朋友说。
　　"那你怎么会来这里呢？"我边忙活边插嘴道。
　　"他问我想不想飞远一点儿。他说外面的世界很酷，比红牛还带劲儿。"元宝说。
　　"泡姑娘什么时候变这么容易了。"我小声说，然后被女友狠狠瞪了一眼。

7.

　　那个夏天，元宝和家里说想进城打工。

　　家里很自然地同意了。因为其实当地家家户户都这么干。

　　一开始的日子过得很舒服。虽然每天各自打工，有些累，但起码生活还是温暖的。元宝没有去阿灿的城市，而是选了一个两人都陌生的地方开始生活。元宝在餐厅里当服务生，每天从早忙到晚。阿灿找了一个手机品牌做销售，时间自由，任务很重。他们过起了小夫妻的日子，努力地加班调班，就为了能凑在同一天休息。他们一起逛超市、买食材，一起做饭，一起洗碗。回想起来，那段日子是他们最幸福的日子。不去想那些遥不可及的未来，或者说，当下过的日子就是他们梦寐以求的未来。

　　"不对啊，你们不是异地恋吗？"我一句话把元宝从回忆过去的甜美表情里拉回了现实。

　　正在忙着烧烤的女友把烤好的鸡翅和蘑菇递了过来。

　　"那是现在。你不懂别乱说。"女友说。

　　"后来，他受不了工作压力和没钱花的日子，就回家了。他说回家后，朋友多，找个好点儿的工作，日子也轻松一点儿。但是我不肯去，我觉得我去了会受欺负。虽然我信他，也爱他，但我觉得那城市是属于他的天，我是飞不起来的。"元宝说话的时候，三次拿起了啤酒都没喝，眼神里闪烁出一种虚弱的尊严。

我咬了一口鸡翅："哎呀，好像没熟，这吃了有风险啊！"
"没熟怎么了，吃了你还能飞啊！"女友说。

8.

"现在家里知道吗？"女友一边往烧烤架里面加木炭一边问。

"家里根本不知道我谈恋爱了。"

"那他家里呢？"女友又加了一块木炭。

"不知道。"元宝低头说。

"是不知道，还是你不知道知道不知道？"我追问。

"怎么吃了块鸡翅，舌头不扑腾两下不得劲儿是吧！"女友呛道，我看在她手里的钳子上还有火红的木炭的面子上，闭了嘴。

其实我觉得元宝希望家里知道，希望自己家里知道，也希望阿灿家里知道。但始终还是害怕，如果对方家里不同意，或者最终携手一生的愿望落了空，那该怎么把前因后果再和家里交代一遍呢？

9.

　　后来他们就一直靠电话联络，靠电脑视频。男人始终是喜新厌旧的，就像一开始阿灿喜欢上元宝，也许就是厌倦了自己的家。男人始终是喜新厌旧的，但元宝对他来说旧了吗?

　　故事和我预想的完全不同。我以为这男人回到自己的地盘，遇上了其他姑娘，然后如何东成西就，东藏西躲，最终红旗彩旗一起插，直到实在扛不住再向元宝竖白旗。我真是电视剧看多了。

　　分手的原因根本没有那么狗血，也没有那么复杂。
　　阿灿受不了两地的距离，苦口婆心地劝元宝过去。
　　但元宝已经在当地做到了酒店领班，下个月可能就升主任了。
　　元宝不想放弃慢慢建立起来的自信和生活。
　　阿灿不能理解工作对于元宝的意义，认定元宝对工作的热情大过对他的爱。
　　于是阿灿灰心了。

10.

不知不觉已经到中午了，太阳开始猛烈起来。额头上的汗都流到了眼睛里，加上烧烤的烟熏得眼睛涩涩地疼，我用湿纸巾反复擦着眼角的泪。

"看不出来啊，挺动情啊你！"女友冷面讥笑。

元宝终于露出了笑容，只不过那笑容如同她的心情一样虚弱。

"那为什么他不到你这里来，他爱得那么伟大就飞过来呗！"我岔开话题。

"你终于替我姐们儿说了句人话。"女友说着赏了我一根鸡骨头。

我立马接过鸡骨头，假装用鼻子嗅了嗅："谢主隆恩。"

"怎么样，皇恩浩荡吧？"元宝也加入凑趣。

"Duang~"说罢我就把鸡骨头丢了。

"那他究竟为什么不肯到你这里来？"女友转回原题。

"这不怪他。他和几个哥们儿合开了家手机营业厅，他比我成功。而且他在家里有房子，到我这里还要租房子。再者，如果说是结婚的话，我早晚还是要嫁过去的。他来这儿陪我，确实更不划算。"

元宝其实一点儿都没有怪他的意思。可就是因为这样，才更难过。

　　两个人相爱着，却又相隔着，总有些执着放不下。

　　对于自己慢慢打开的一片天，无论如何都想要飞上去看看才甘心。

11.

这时候我突然明白了，所谓真正的悲剧，不是什么大风大浪的惊险，而是雨打蕉叶的寻常。你也许会想，有什么大不了，无论是谁退让一步，生活在一起不就解决了所有的问题吗？但怎么可能呢？谁能保证，放弃了自己的天空，对方就一定能带着你一起飞呢？哪怕飞不起来，永远一起牵着手走到老也好啊，可就是保证不了。元宝会担心放弃了现在刚刚建立起的自信，然后进入他的世界，最后什么都找不到了。阿灿也会害怕来回折腾后换来一场徒劳。

这就像是"囚徒困境"，每个人都在猜测对方的未来里会不会没有自己。

你也许会说，太自私了，太现实了。但现实就是自私的。

人就是这样。当你面对两种人生选择的时候，你的难过来自于该放弃什么。

12.

在元宝的世界里，她理解阿灿，因为她理解自己的选择。

在阿灿的世界里，他也许认为自己已经是一个很专一的男人了，内心也许还隐隐觉得自己是一个受害者。他为了心爱的姑娘努力打拼到小有成就，最终姑娘为了一份工作而放弃了他。

而元宝呢，一个为了爱、为了梦想天空的小姑娘，拼死想要守护住在这个小城市里靠自己的辛劳创造的一点点儿尊严和自信，但始终得不到心爱的人的宽容和理解。

13.

　　快傍晚的时候，其他刚下班的朋友也都来了。

　　胖子带着媳妇胜男，林子带着烟。

　　我们订了一个包厢唱歌。

　　我们点了很多酒，但喝得很少。

　　我记得大家一直努力创造出一种热闹的气氛，以掩饰那种压抑气氛的尴尬。

　　胖子唱了几首歌，我都不记得了。

　　林子一口气吹了几瓶酒，我也没有印象。

　　我就记得女友让我给元宝点一首歌。

　　我说这歌曲太悲，容易哭出来。

　　女友说，她想哭出来，也该哭出来了。

14.

我按照吩咐点了那首《原谅》。

一看到歌名，林子来劲了："这首我会唱！"

前奏还没放完，他就开始了："原谅我这一生不羁放纵爱自由……"

"嘿嘿，好像唱跑偏了。"林子挠挠头，露出求原谅的表情。

我们露出绝对不会原谅林子的表情，因为我知道林子是故意的。

15.

那些日子，你会不会舍不得。

梦二姑娘

人就是这样，

我们都能接受晴天变阴天，

却很难接受热恋变冷淡。

1.

所有长久的等待都是值得的。

但不是每个人都值得你等待。

你要等的始终是更好的自己。

2.

　　故事是从一个夏天开始的。李四毛是我最好的朋友。那时候他意气风发，每天沉溺于恋爱和打球。我偶尔陪他打球，打球的时候常常听他说那些离奇的爱情故事。虽然我觉得他有杜撰的嫌疑，但我也知道他有胆量、够心细，所以就算真发生什么惊天动地的爱情也不足为奇。

3.

　　直到有一天，他把我约到他家里。突然，他说了一句："电脑开着，你自己先玩儿，我出去一下。"我移动鼠标，屏幕亮了，就看见一个名称为"cy723"的文档。我感觉到深深的不安。cy 是我初恋女友名字的缩写，723 是她的生日。我不知道我愣在那里多久，但我还是克制不住想点开的欲望。

　　"今天是第一天，我和她出去玩儿。我想我有点儿喜欢她，但我知道她是卫决的姑娘。"

　　"第二天，晚上出来溜冰。她溜冰的时候像在飞，我有点儿追不上。"

　　"牵手了，拥抱了，我想我得找个机会和他说说这件事儿了。"

　　我没法儿一字一句地看完，我的心跳开始暴走。但我觉得该暴走的应该是我。

4.

　　四毛这时候进了屋,我知道他根本没走。他手拿着菜刀,对我说:"哥们儿对不住你!两个选择,给我一刀,或者让我和她好。"我站起来就给了他一刀,然后再一刀,最后刀从刀柄里飞了出去,砸坏了电脑屏幕。对不起,我的记忆失去理智了。这怎么可能发生呢?事实上我瘫坐在床上,拼命地呼吸,直到四肢都开始感觉麻痹。我记得我哭了,但我记得我没流眼泪。刀一直在他手上。而我觉得我的青春,也就这么死在了他的手上。

5.

大家相互说了几句珍重或好自为之的过场话，就散了。

6.

一个月后，四毛去了苏州念书。

又一个月后，他们分手了。

可能是因为异地恋的关系，也可能是因为四毛有了其他人的关系。

而我一直没恋爱，好像我是在等，在等一个理由，一个 cy 和四毛在一起的理由。

人就是这样，我们都能接受晴天变雨天，却很难接受热恋变失恋。

7.

后来四毛认识了新的姑娘，

长得漂亮，双鱼座，爱哭，爱笑，依赖男朋友。

四毛说什么，她就听什么。

她的名字里有个梦字，气质显得很二。

所以我们都叫她梦二姑娘。

8.

"卫决，你说四毛是好人吗？"

"嗯。"

我不知道该怎么回答这个问题。

但我想我和他的问题，不该放到他们的关系里去。

"他会娶我吗？"

"想这个太早了吧！"

"我就是想想。"

"会吧。"

后来四毛又劈腿了。梦二什么都知道，其实四毛也没有隐瞒
什么。他一向对自己的行为直言不讳。他说，做就做了，没什么
好掩饰的，一没违法，二没犯罪，三来和谁不是睡。梦二什么都
没说。她决定等事情过去了，就继续和四毛好好过。我在想，也
许梦二和我差不多吧！相信时间会摆平一切，相信自己本来就相
信的一切。

9.

"差不多就够了！"我说。

"不叫酒了？"四毛看了看我。

"我说你差不多就够了！"

"那就不喝了，回家！"

"我现在说的是——你差不多就够了！"

四毛从软烟壳里拍出一根烟，刚要点，我吹灭。

四毛递了一根烟过来，刚要帮我点，我又吹灭。

"卫决，你差不多就够了！"

"我说你呢，你差不多就够了！"

"你说说，你对梦二都做了些什么？！"

"我给了她一个刻骨铭心的初恋啊！"

因为爱做了什么和为了爱而不做什么，后者更可贵。这句话我压在心口，没说，因为我觉得实在没必要说了。

后来我给了他一拳，后来他又叫了一箱啤酒。

后来他又劈腿了，后来梦二又原谅了他。

10.

毕业后，我们各自生活，常常联络，但说的不多。

我知道他还和梦二在一起，但我不知道他后来有没有再劈腿。

我知道四毛一定有过后悔，但他不会知道梦二是如何的伤痕累累。

11.

一个冬天，深夜，我突然接到梦二的电话。

"出来喝一杯。"

"现在？"

"我在你和四毛常吃消夜的地方。"

"我一会儿到。"

我一进门，就被老板使了眼色，他用手在眼睛下方比画了几下。

因为常来喝酒，所以老板和我很熟。

从老板的假手语里，我知道梦二刚刚应该哭了很久。

"怎么了？"

梦二没说话。

"那，是他又怎么了？"

梦二没说话。

"那，他又怎么你了？"

"他说分手。"

"那就分吧！"

我一点儿都不想再做和事佬，或者违心地熬制一些心灵汤药。

　　"再等等吧！也许他玩儿够了，就好了。他需要一个人等。"

　　"你傻啊！"

　　"卫决，你读过这么一句话吗？——所有长久的等待都是值得的。"

　　"你真傻啊！"

　　"我觉得，是值得的。"

　　"你真傻。"

12.

这当然不是一个浪子回头的故事。

后来我才知道，那天晚上梦二知道自己怀孕了。

打算告诉四毛的同时，发现接电话的是一个陌生女人的声音。

堕胎、药流、发烧、住院，四毛都陪在她身边。

我想那是梦二最痛苦也最甜蜜的时候。

但梦二好了以后，以为所有的等待换来了一个未来的时候，四毛去了外地创业。

没留下理由，甚至也没编一个借口给我去应付梦二。

13.

梦二等了他整整两年。

四毛回来了。四毛结婚了。

梦二让我陪她喝了最后一次酒。

她说："以后我就不是四毛的姑娘了。"

我说："你永远都是个好姑娘。"

她说："我不要当好姑娘了。"

我说："好姑娘进厨房，坏姑娘走四方。"

她冷笑了几秒，那几秒好像是对这些年所有悲哀的总结。

我说："也许你没遇见他就好了。"

她说："其实我没后悔过，毕竟爱了才算活过，没爱只是过活。一切都是值得的。"

她告诉我，其实这么多年，她一直在自己建造的迷宫里，出口就是四毛的爱。但她忘了，从一开始，这个出口也许就不存在。

14.

梦二后来考了导游，再后来成了旅行杂志的编辑。

再后来，四毛对我说："其实最爱的还是梦二。"

我给了他一拳。

他说："我不爱梦二，你不爽；我说我最爱她你又不爽，你想怎样？！"

我又给了他一拳。

他吐了一口牙龈里的血说："妈的，老子欠你的，我认了。"

我说："你当年应该好好爱梦二，你现在最爱的只能是你老婆！"

15.

　　去年，我在一个车展上看见梦二。她踩着纯黑的高跟鞋，和一个男人讨论着各种车型和车子的性能。我刚想上去打招呼，就看见她挽着那个男人走了出去。那男人很体贴的样子，笑起来很温柔。梦二像个自信又温暖的女王，也像个任性而可爱的女孩。我突然觉得梦二走出了那个迷宫。我突然明白了她说的那句话。

　　"所有长久的等待都是值得的，但不是每个人都值得你等待。你要等的始终是更好的自己。"

16.

故事讲完了。

如果你是男人，你的角色是我，还是四毛?

还是那个梦二后来的贴心男友?

如果你是女人，你是梦二，还是后来的梦二?

还是四毛最后的妻子?

我更希望，你永远是最幸福的你。

你好，男朋友！

你好，女朋友！

我们现在能重新开始吗？

1.

初恋总是很美。至于能不能美得两人好到最后，谁也不知道。

2.

　　卫川那时候还是初二的学生，刚到了挤痘痘的年纪。他脸上的痘痘很有秩序，每次只冒一个，一个消了再来一个，前赴后继，此消彼长。卫川听从朋友的建议，每晚在痘痘上抹上一层薄薄的薄荷味的牙膏，据说这样好得快。功效如何倒没有发觉，只是他起得晚，忘性大，每次去学校的时候，痘痘上都还有白白的牙膏。

　　如果俯瞰班级座位的话，陈小瑜坐在卫川左上角的位置。这个左上角是很精确的，因为陈小瑜就坐在第一排第一组第一个。这倒不是因为她个子矮，而是她上课总迟到，上课总睡觉。所以是老师钦点的位子，雷打不动。但这样的位子并没有改变她迟到和睡觉的爱好，个性使然。久而久之，老师也就释然了。

3.

　　陈小瑜不同于其他女生的地方，还在于她的短发和从不穿裙子。中学时代除了马尾以外，大多数女生都是短发，唯独陈小瑜的短发短到令人发指，达到了短发中的巅峰。她时不时会突然顶着一款男式平头来上课，雷倒一片少年。卫川就是其中一个。但不同的是，大多数男生是被雷倒的，而卫川是被电倒的。卫川不相信童话，但那一瞬间，他看见了童话里的公主。

　　起初，卫川喜欢的是另一个姑娘，一个眼睛看起来像赵薇，笑起来像蔷薇的一朵班花。这个班花是陈小瑜的好友。午休的时候，这个班花也常常和卫川一块儿聊天。卫川喜欢买一些娱乐报和《读者文摘》。娱乐报是为了孙燕姿，《读者文摘》是为了自己，他希望有一天能写出漂亮的歌词给孙燕姿唱。多像泡沫的少年梦想啊！起初，卫川和班花的进展很顺利。直到有一天，卫川发现自己位子上的《读者文摘》不见了。下课后，是陈小瑜还了回来。

4.

"你喜欢看？"卫川问。

"还好，看了一节课，没睡觉。"陈小瑜说。

自此以后，每一期《读者文摘》他都买。

自此以后，每一期《读者文摘》她都看。

班花有没有喜欢过卫川，谁也不知道。

卫川突然移情别恋，所有人都知道。

5.

　　一天，班花突然郑重其事地拉着卫川到操场的一个角落里，问他到底喜不喜欢陈小瑜，如果不喜欢就别瞎借书给她看，一借一还的早晚造出事儿来。少年总是爱面子的，假话张口就来："哪有什么喜欢不喜欢的，她就一男人婆啊！"

　　这话被一个男同学听到了，男同学大喊："陈小瑜是男人婆啊！"

　　其实，陈小瑜就在附近等着班花好友给她消息。

　　结果，"男人婆"三个字刺进了她的耳朵里。

　　班花一把抓着卫川拎到了陈小瑜面前，小声在他耳边说："你得和她道歉。"

　　卫川回话："道什么歉啊？"

　　班花说："道歉很难吗？就说三个字啊。"

　　卫川想都没想就说了三个字——"我爱你！"

6.

依旧是午休时间看《读者文摘》，依旧是聊娱乐明星八卦，依旧是偶尔上课偷瞄几眼，瞄的次数多了，目光撞在一起的机会也多了。目光相遇的次数越多，就越想再偷瞄；越偷瞄，目光相遇的几率就越大。

卫川喜欢孙燕姿，所有人都知道。
陈小瑜喜欢陈冠希，只有卫川知道。

卫川脸上没有了白牙膏，因为他起得越来越早。每天都是第一个到班上，然后偷偷地在陈小瑜的抽屉里塞进所有有关陈冠希的卡片和海报。有时候抽屉里会有几本书没带回家，他就把卡片夹在书页里。久而久之，抽屉里忘带回家的书越来越多，卫川的卡片也放得越来越多。

可能是书里卡片的缘故，也可能是每天四处搜集不同卡片的缘故，两人的功课越来越差。
早恋会影响学业是真的。但学业似乎永远都影响不了早恋。

7.

陈小瑜因为功课差到一定程度，周末只好去数学老师的家里补习。卫川就在数学老师家的楼下晃悠。后来也有其他男同学跟着一起，因为他们的小女友也在楼上补习。那时候的爱是很不可思议的，只要看到她的自行车，就觉得甜。只要看到她喜欢的明星在电视上出现，就觉得甜。只要她多看了自己一眼，就觉得甜。只要在街上看见路人穿了一件和她同款的衣服，就觉得甜。好像总能在这虚妄世间的所有细枝末节里找到与她有关的一切。而只要与她有关，心里就觉得甜。

后来总算有一个周末，数学老师按捺不住了，穿着拖鞋追了下来。

"你们这群孩子，我忍你们很久了，要等她们下课出去玩儿就给我小声点儿，要么就给我一起上来做题目！吵吵吵，吵什么吵，越吵她们做题越慢，你们就等得越久！"

一群男生骑着自行车作鸟兽散，边骑边发出怯怯的笑声。

其实卫川一直不喜欢这个数学老师，因为他的英语发音很不标准。Q 总是要分开来念，生把 Q 念成 KO，害得他每次听平面几何解题过程的时候都莫名其妙地出神。但后来卫川不讨厌他了，因为一次谈话教育。

"你最近一次考试很不理想啊！"KO 老师说。

"嗯。"卫川埋着头。

"周末在我家楼下的是不是你啊？"KO 老师明知故问。

"嗯。"卫川把头埋得更低了。

"你喜欢陈小瑜啊？"KO 老师直击要害。

"嗯，啊——不是。"卫川抬起头，眼白处散出慌张的光。

"喜欢就喜欢，喜欢她我是不会叫你家长的。但是因为喜欢她，你的功课掉了，或者害她功课掉了，我就得采取措施了！"KO 老师直接把卫川 K.O. 了。

"嗯。"

"好了，没事了。还有，不能光顾着喜欢她，也要喜欢喜欢数学啊！"

"嗯。"

卫川点头如捣蒜，看着数学老师离去的背影，卫川心里由衷地感激。

侠之大者，为国为民啊！

8.

　　之后的一次期中考试，卫川进步了十五名。虽然离前十还是有些距离。但卫川也不担心，因为他也从来没进过前十。数学老师对他友善地笑了笑。他也笑了笑。数学老师越走越近，他笑得越来越欢。

　　"还笑！手上在干什么呢？"

　　这时候卫川才发现，忘了自己手上正在抄作业了，还是数学作业。

　　数学老师拿起来一看，是陈小瑜的名字。

　　"看来我周末的辅导很有用啊！你都开始抄她的数学答案了！"

　　"下周周末你也来上课！"说完扬长而去。

　　卫川心底还是很高兴能和陈小瑜一起上补习的，起码多了几个小时在一起的时间。

　　结果他完全想错了。

　　他们的补习时间完全错开了，陈小瑜是八点到十点，卫川是十点到十二点。

　　他们只是多了在楼道里相遇并擦肩而过的那几秒而已。

9.

很快就到了暑假，学校安排看电影，影片是那个暑假最红的大片——《头文字D》。

片中有所有人都迷恋的周杰伦，也有陈小瑜喜欢的陈冠希。

一个齐刘海儿的女同学分到了陈小瑜右手边的票。

于是过来问卫川想不想换。

卫川当然说想换。结果女同学过来说，陈小瑜不想换。

后来那女同学莫名其妙地换到了卫川的右手边，一个劲儿地和卫川打闹。

电影里的拓海和夏树分手了。

电影结束后，卫川没等陈小瑜就先走了。

但卫川不懂，他这一走，就再也没机会见到陈小瑜了。

那个暑假特别长，特别热。

陈小瑜通过一个男同学约了几次卫川，叫他出来游泳，卫川都没同意。

卫川当然是想见陈小瑜的，但卫川不能游泳。

因为小时候患过耳疾，医生叮嘱，不能坐飞机，不能下水。

但这种类似于生理缺陷的理由，对于那个年纪的少年来说，当然说不出口。

10.

初三开学。陈小瑜没来。

第一天，没来。第二天，没来。第三天，没来。

一个月，两个月，三个月。

"陈小瑜转校了。她家里怕她成绩考不上好的学校，就把她的户口转到一个录取分数线较低的地方去了。"数学老师在走廊上对卫川说。

"暑假你们没一起玩儿吗？她没告诉你吗？"

"没有。"

"先好好念书吧，别全都耽误了。"

数学老师拍了拍卫川的肩膀就走了。那几下像是一个长辈的安慰，也像是现实的手掌，把他拍在了中考的倒计时里。

11.

后来陈小瑜考了回来，进了师范学院。

后来卫川也留在本地念书。

但他们相互都不知道身在同一座城市。

毕业后，也到了 QQ 盛行的年代。

陈小瑜要到了卫川的 QQ 号，把卫川约了出来。

"为什么看电影那天你不跟我坐？"陈小瑜问。

"是你不肯和我坐啊，她告诉我的。"卫川边说边用手比画出那个女同学齐刘海儿的样子。

"妈的，我们被骗了。"两人同时意识到。

"那为什么电影结束你先走了，我不是让她告诉你等等我的吗？"陈小瑜说。

"没有啊，她没告诉我啊。"卫川说。

"妈的，我们又被骗了！"两人又同时意识到。

"我在电影院门口等到人都散场了、走光了，才走的。后来她告诉我，你约我下午在校门口见，我等了一下午，你都没来。"陈小瑜说。

"我不知道这件事儿。"卫川说。

"我想也是。"陈小瑜说。

"那，当年看电影那天你要和我说什么的？"卫川问。

"说我要转校了，要离开这座城市了。"陈小瑜说。

12.

许久，两人都没说话。

"那我们现在能重新开始吗？"

"那天你没等我说分手就走了，所以我们分手过吗？"

"没有。"

"你好，男朋友！"

"你好，女朋友！"

我一辈子要流氓，但我不要你

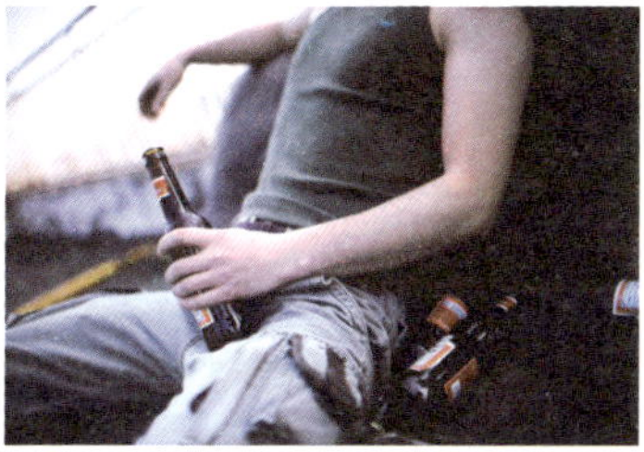

爱情，女人输在怀疑；

男人输在懒，懒得解释。

最终，他们输给了爱本身，

输给了时间。

1.

"听说你能读懂唇语？"乙男说。

"还行，一般用语都没问题。"小鱼不屑道。

"完全不发出声音都可以？"

"唇语是靠观察口型和对话逻辑读出来的。"

"那我得试试。"

话音刚落，乙男就在小鱼的脸颊上猛亲了一口。

小鱼反手就是一个巴掌。

"你干吗打人？！"乙男明知故问。

"你要流氓！"小鱼怒目而视。

"胡说，我这是唇语。"说着又冲小鱼嘬了嘬嘴。

"这唇语你读出来没？"乙男挑眉。

"耍流氓！"小鱼加深了怒目的程度。

"不对，不对，你读错了，这唇语的意思是我喜欢你。"乙男捂着脸坏笑说。

"你就是要流氓！"

"是啊，我只要流氓，但我一辈子都不会要你。"说完乙男的脸上就红了起来，"五指山"的印迹开始显现。小鱼的脸也红了，但没有五指印。

据小鱼说，他们就是这样在一起的。

乙男打了小鱼的主意，小鱼打了乙男一巴掌。

年轻人的恋爱都是这样的吧，从打打闹闹到搂搂抱抱。

2.

乙男是小鱼的初恋，小鱼当然不会是乙男的初恋。

乙男的嘴巴是出了名的油滑，就算在他的嘴里塞一颗仙人球，他都能吐出一朵莲花来还给你。

"喂，你说我最近是不是胖了？"小鱼摸着自己平平的小腹等着被夸奖。

"就跟电脑宽屏显示器似的。"乙男一边对着电脑打游戏一边信口雌黄。

"找打！"小鱼插嘴。

"真是让我一秒钟都舍不得转移视线，就是耐看，就是好看。"乙男话锋一转，绕回了自己设计好的甜美终点。

"我看，你是想变成皮卡丘的弟弟——皮在痒！"小鱼翻了一个高难度白眼，差点儿没把眼仁儿翻到后脑那边去，可心里还是美滋滋的。

"你会永远爱我吗？"小鱼问。

"我觉得你的智商可以去当顾问了！"乙男说。

"当顾问？什么顾问啊？"小鱼瞬间迷失了方向。

"明知故问啊！"乙男突然冲了过来，一下子把小鱼搂进了怀里。

　　这样起承转合、包袱不断的情话，乙男说得得心应手，丝毫没有需要思考的节奏。

3.

一次，小鱼和乙男逛商场，小鱼被营业员忽悠得晕头转向，决定对自己的钱包痛下杀手，买一件两千块的塑形紧身衣。乙男在一旁冷眼。

"喂，我刷卡喽？"

乙男搂住小鱼的腰："你是嫌我抱你抱得还不够紧吗？还需要紧身衣？大不了我吃点儿苦，一天抱你八小时，保证你前凸后翘。"

"滚，你成天除了油嘴滑舌耍流氓，还能耍点儿别的吗？"

"反正我不会耍你。"

"不管，我决定了，服务员刷卡！"

"不刷，紧身衣对身体不好！"

营业员见机不妙，立刻做起和事佬，改卖其他衣服。小鱼最终还是没有买紧身衣，买了些其他东西草草收场。

4.

　　小鱼常常在喝酒的时候这么跟我抱怨，说乙男除了臭贫还是臭贫。

　　也许女人对乙男这样的男人看不上眼或者很不放心，但对于男人而言，乙男确实是很好的酒友。开酒前暖场，酒过三巡扯淡，醉眼蒙眬时海侃，大酒过后埋单。所以从小鱼和乙男恋爱开始，乙男就成了我们朋友圈里必不可少的伙伴。以前听朋友说过这么一句混迹江湖的最高标准，叫"对男人像关公，对女人像公关"。我想，用这样的话形容乙男，简直再合适不过了。

　　小鱼的抱怨没过多久就成了对乙男的不放心。她开始患得患失，疑神疑鬼，总觉得乙男外面一定还有其他丫头片子在生长；每每查电话簿无果，就觉得一定是改存了男人的名字。于是没几个月，我们所有朋友的电话号码都被小鱼挨个儿打了一遍。

　　最终还是让小鱼逮到一次，无论乙男用尽千言万语解释，小鱼就是不依不饶地要分手。

　　"你说我怎么第一次恋爱就遇到这么一个渣男！"小鱼一把抢过我面前的苏打水，干掉大半杯又推回我面前。

"人家怎么你了？"我把那杯沾着小鱼口红印的苏打水往小鱼面前推了推。

"他居然骗我！"小鱼又喝了一口，第二条口红印出现。

"他骗你什么了？"我盯着她面前的玻璃杯。

"他们公司陈总明明是男的，我打过去居然是一个女人接的！"

"这有什么严重的？"我解围道。

"不可能，我问过她了，她是不是姓陈，认不认识乙男，你猜她怎么说？"

"嗯？怎么说？"

"她居然说：'当然认识，都是同事，就坐我隔壁，他幽默死了。'她那声音百转千回的。"

小鱼又抄起杯子，连同怒气与苏打水一块儿咽了下去。

我知道小鱼不会平白无故地生气。但我也知道，身在初恋里的姑娘，要么就是死心塌地，要么就是处处狐疑。这似乎是初恋的基本定理。

后来他们和好了，但这样的事情来来回回地发生，最终乙男还是同意了分手。

5.

半年后，我和胖豆在一个酒馆里喝大了，感情泛滥，于是一个电话打给乙男，让他带两瓶好酒来叙叙旧。乙男坐下来的时候，我看见他留起了胡须，不稀疏也不浓密，没有刻意修剪的痕迹。又几杯下肚后，我们自然地聊起了小鱼。

"你说你好好的非得乱搞！"胖豆有些惋惜地说。

"我没有。"乙男没有丝毫迟疑地答道。

"那陈总那姑娘是怎么回事儿？"我问。

"陈总本来就是女的。"他说。

"我呸，陈总是男的！"我和胖豆异口同声。

"是女的！"乙男义正词严。

"是男的！"我和胖豆叫嚣。

"是女的！"

"是男的！"

"就是女的！"

"真是男的！"

喝多了，我们三个在男女问题上来回呛声。

"女的！"

"男的！"

"女的！"

"好好好，我说实话，陈总是女的，但也是男的。"乙男这一句话让我和胖豆着实受到了惊吓。

"乙男啊，你们公司够多元的啊！"胖豆说。

"靠，你们想哪儿去了？！"乙男挤出了高低眉。

乙男说，原本那个陈总确实是男的，但小鱼在电话簿里找到又打过去的陈总是女的。这个陈总是公司新来的设计总监，不是什么总经理。

我们责怪他为什么不解释。

他说，解释得太多了，实在累了。

6.

　　小鱼后来认识了一个老实巴交的男人，在国企工作。为了区别于乙男的臭贫油滑，我们给这个老实的男人命名为甲男。

　　小鱼和甲男的感情稳定，每日上下班接送，定时定点报备。小鱼开始习惯，也喜欢上了这样踏实而稳固的生活节奏，好像除了不可抗力因素以外，任何事情都动摇不了他们厮守终生的决心。

　　就像所有普通合同里的不可抗力一样，不可抗力没有发生。

　　一年后，他们结婚了。

　　乙男向我们打听关于甲男的一切信息。

　　几个月后，小鱼带着甲男和我们一块儿吃饭，两人手牵手，钻戒差点儿没闪瞎我和胖豆的眼。

　　开始没多久，小鱼就突然接到公司的电话要赶忙回去。但我们硬是不同意，说总共就四个人，少了两个没意思。小鱼无奈，只好留下甲男陪我们喝酒。

　　小鱼走后没多久，我们就转场去了酒吧。

　　当然，去酒吧是乙男邀请的。

　　当然，甲男和小鱼是电话报备了的。

当然，甲男从来都不知道小鱼之前的生活里有过一个乙男。

甲男一直很拘谨，不跳舞也不喝酒，一个人坐在沙发角落里。

我和胖豆正一杯接一杯地乐呵着，突然乙男一拳把甲男打趴在地上。

这时候小鱼刚赶到。乙男完全没理会，继续狠揍。

直到甲男的脸上出现了鲜艳的颜色，直到我们上去把他们强行分开为止。

小鱼狠狠地瞪了我和胖豆一眼，扶起被打挂的甲男就离开了。

那晚，乙男狠狠喝了我们几瓶好酒，然后我们扶着喝挂的乙男离开了。

7.

　　小鱼恨透了乙男。我也觉得乙男这次平白无故打人太过头了，之后就没再主动联系他。但胖豆好像没有讨厌乙男的意思，还时常招呼乙男一起喝酒。

　　我觉得无论乙男有多不甘心，都不可以打人。因为在我的心里，并不讨厌乙男，甚至还希望他们能够和好。但打人这事儿太蠢了。特别是这种前任打现任的行为。特别是像甲男这样老实巴交看着就不经打的主儿，坚决不能下手，一下手肯定就输了。女人总是同情弱者的，很明显，在小鱼眼里，甲男是弱者。

　　在爱情里，一个人也许会等另一个人。但在现实里，时间从来不会等人。

　　小鱼很快就和甲男喜结连理，制造人类了。

　　在小鱼孩子的满月酒上，胖豆还约了乙男晚上一块儿打台球。

　　"你约他干吗？"我问。

　　"陪陪他吧！"

　　"有必要吗？"

　　"有些事儿不是你看到的那样。"

胖豆在散场之后告诉我，那天乙男出手打了甲男是有原因的。

"进了酒吧之后，甲男坐下来，看起来老老实实的，其实手一直对服务员不干净。而且，他还偷偷摸摸把婚戒摘了下来。"

听到这里，我当时酒就醒了。

"那你为什么现在才说？！"

"乙男说，说破了又能怎样呢？给他点儿教训，让他知道小鱼身边不是没有人给她撑腰就够了。"

8.

那晚打完台球之后，我们去了乙男家里，胖豆倒床就睡。

我试图在这里找到一点儿曾留女人过夜的蛛丝马迹。

以此证明小鱼没有错伤一个好人。我找到了，一件女人的衣服。

——是一件紧身衣。

乙男看了一眼，笑了笑说："她大概已经找到更合适的衣服了吧。"

9.

　　小鱼的生活平稳地过了三年。后来小鱼再没有在和我们聚会的时候说起甲男的任何事儿。

　　没过几年小鱼去了新加坡。联系也少了。她微博上总发些她和儿子的照片。儿子长得很漂亮，很像她。至于她和那个"假男老公"到底最后怎么样了。她始终不愿意提起，我们就也没再问。

　　再后来我看见小鱼转发了乙男很久之前的一条微博：

　　"我一辈子要流氓，但我一辈子不要你。"

后记

"胖子，你最近还有没有跟乙男联系啊？"我在微信对话框里问。

"没有，不过前段时间听他说，他要去新加坡了。"胖豆回复。

"喔～是嘛～～"我直接发了一个意味深长的语音。

"希望你猜的跟我猜的是一件事儿～"胖豆说。

希望，我们猜的跟乙男将要去做的是同一件事儿吧。

找个什么样的人
结婚？

只有一个人告诉我，
爱是需要感动的。

1.

很多人都在说，年纪到了，该结婚了。要成家生娃，幸福起来。

就好像你在家门口写上"已婚"二字，幸福就会突然降临不请自来一样。

但结婚真的就会幸福吗？

大多数人，会奋不顾身地投降于年龄，寄托于婚姻；最终投降于婚姻，寄托于子女。

结婚没有错。

很多人结婚其实是在尝试一种可能，一种触摸到幸福的可能。但他们都没明白，幸福本身是你的主观感受，但婚姻是一种客观的生活形态。我们看似把一切寄托于婚姻，其实在你的意识里只是把你想要的幸福寄托于一个人。不幸的是，也许对方也是这么想的。

2.

"喂，你做的汤有点儿咸。"青青说。

"是吗？那你喜欢淡？"萧文问。

"嗯。"青青又喝了一口。

"那你吃蛋，汤底我打了两个荷包蛋。"萧文说。

我坐在一旁听得笑了。

青青和萧文都是我的同学，他们才高中就开始偷偷摸摸地交往了，地下情一直未曝光，保密功力可见一斑。

后来萧文出国念书，临别前，青青留给他一句话："不许打着为国争光的幌子，在外国那什么！"萧文只留了八个字："不要和陌生人说话。"

最终他们都守住了承诺。久别重逢后，再次进入了超级热恋期，痛痛快快地搂搂抱抱了三年，感情变得平凡而稳定，也见了双方家长。去年，他们在双方父母的鼎力合作下选择了结婚。

3.

　　我和萧文的感情也是在高中的时候建立的。那时候他高三突然辍学，说要靠卖光盘为生。于是在自己租的房子门口挂了卖光盘的字样儿，吃喝拉撒玩儿都在里面。我常去拿些盗版光碟看。直到有一次我拿了好几盘回家，放都放不出来。我拿去找他，他猥琐地笑。

　　"其实根本就没内容，就是空白的，有些我忘记刻了。"萧文嚣张地说。

　　"我靠，那你就这么做生意，不怕有人来找你问罪啊？"

　　"前两天来了一个，我让他把家里的 DVD 机拿过来，我修修看。"

　　说着他手指了指广告牌，"租盘卖盘"上多出一行字——"维修 DVD"。

　　店里的生意不错，但这种日子没维持多久。

　　很快，他就被家人遣送出国念书。

　　没几年，他就混了某个野鸡大学的毕业证书，回国去外企骗吃骗喝了。

4.

　　而青青是胖豆心中的女神。

　　只可惜，女神偏爱萧文这样玩世不恭、长相可人的主儿。

　　作为黑胖界的种子选手，胖豆自然是没有希望的。

　　胖豆为青青流了数不清的泪，多到让我差点儿以为大哭是新兴的减肥手段。

　　而青青留给胖豆的，始终是甜美可人却永远止步于礼貌的微笑。

　　去年青青和萧文二十六岁，领了结婚证书，没办喜酒。

　　他们说不想落俗，俗了容易不幸福。

　　可俗不俗，哪是一个婚礼仪式能够左右的。

　　那段时间，我刚巧失恋不愿回到原本租的房间里，于是萧文收留了我。看着他们这样的相处，平平淡淡，冷冷清清，比我还凄凄惨惨戚戚，我决定还是搬走算了。所以萧文亲自下厨，做了这一顿送别宴。

5.

那晚萧文在厨房收拾，青青拉我到房间跟我说："你觉得我够幸福吗？"

"校园恋情，修成正果，这不挺幸福的嘛！"

"可是我发觉，可能我最爱的人根本不是萧文，我想你也明白。"

我吓得退后两步，通常女主话说到这份儿上就得上演勾引二嫂的伦理剧了，这可是江湖大忌。

我可不想无缘无故弄得一身臊。青青看了看我，接着说："我最爱的始终是我自己。"

我这才松了口气。

"人都是最爱自己的，没什么。萧文挺好的。"我打圆场道。

"我觉得幸福就像棉花糖，看着一大坨，一到嘴里就化了。开始觉得甜，吃完了就剩一个棒子，这当头一棒就是婚姻。"

萧文也曾吃过这"当头一棒"。

那还是一个只有爱与考试的年纪。青青坐在萧文的前面，平日里，萧文总是仗着地形优势，一上课就开始对青青各种捉弄，剪碎发、拆辫子、用笔头戳后背都是最常有的事情。直到一次考试。

"好，现在把试卷从前往后传。拿到卷子的同学不许交头接耳，可以开始动笔了！"

老师话一说完，教室里就充斥着窸窸窣窣的卷子摩擦的声响。

萧文接过青青手里传来的卷子，就有惊人的发现。试卷的姓名、班级、学号三栏都填好了。

"是你干的！"萧文闷着头小声问。

"对！"青青理所当然地点头。

"你干吗帮我写名字，你是不是暗恋我呀？！"萧文挑了一下眉。

"我是想看看，你除了会写自己的名字之外，还会写什么！"

这句话犹如当头棒喝，一棒子打醒了萧文的自尊心。

从那以后，萧文开始拼命学习，自习课也乖乖坐在教室里死抠知识点，但凭一时努力就能突飞猛进的青春电影里的梦幻热血桥段并没有工夫眷顾现实。不过青青暗恋萧文的事情，倒渐渐清晰，成了现实。

后来萧文还是因为成绩太烂而在高三那年主动退学了。可青青一点儿都没有失望，因为萧文努力过，尝试过，改变过。同一种教育方式未必适合每一个人，所以功课不好并不代表学的人不好，也可能是教的人的方式对萧文并不奏效。

胖豆当时问过青青，为什么会喜欢萧文呢？

青青给我的答案是："他起码是一个愿意改变的人。"

"这很重要吗？"

"很重要。"

"愿意改变，你就不怕他变心吗？"

"只有愿意改变的人才不容易变心。表面上一成不变、死气沉沉的人才最容易变心。你没发现吗？中年男人找小三就是例子，平日里的一切都稳定而无趣，同时也不愿意改变生活里单一枯燥的现状，才会动了歪念头、脏念头！"

胖豆对我说，他也愿意改变。

最后胖豆以班级最高分考上了复旦。

6.

"砰——"萧文在厨房不小心打碎了一个杯子，我这才回过神来。

那晚我和萧文睡一个房间，他意味深长地跟我说了很多话。

"很多人结婚的理由是，我们现在挺好的，挺稳定的，那就结婚吧。但明明一切都很好，为什么要结婚呢？是想要通过结婚来向别人证明自己也拿到了幸福的资格证？"

7.

　　第二天，临走时我看了一眼挂在客厅的结婚照，虽然才一年多，上面已经染了点儿灰尘。

　　那张照片拍得很专业，他们笑得也很专业。

　　我突然想到当年高中拍毕业照的时候，青青也是如此：郑重地去发型屋洗了头，做了造型，换上一身纯白衬衫，笑得也是那么专业。大考结束的那天晚上，大伙儿聚餐，萧文也来了，一手勾着我，一手搂着青青，反复欣赏这毕业照。

　　胖豆还笑青青说："你这毕业照上的表情是要拍结婚证书的态度和节奏啊！"

　　可青青却一脸严肃："这可是要看一辈子的东西，回忆里最珍贵的证据，怎么能马虎？！每个人的脸，每个细微的表情，都是我们的青春岁月，都是不可能再回去的日子。"

　　听完这句话，不少同学都哭了。唯独萧文不咸不淡地说："别哭了，以后大家散了，再也见不着面的时候再哭也不迟啊！"

　　此话一出，大伙儿哭得更厉害了。

8.

几个月后，我和女友和好了。

又几个月后，萧文和青青离婚了。

我和胖豆先是陪萧文喝酒，半夜又被青青挖出来陪她唱哲理系苦情歌。

陪萧文喝酒的时候，我们基本靠罗大佑、李宗盛、周华健的歌词来安慰他。

陪青青唱歌的时候，我们基本听着罗大佑、李宗盛、周华健的歌词下酒，再去厕所吐。

当晚女友来接我回去，胖豆送青青回去。我们在凌晨三点分道扬镳。

又几个月后，我最终还是和女友分手了。但萧文和青青没有复婚。

萧文一直没有再娶，青青一年之后再婚了。

这一次青青落俗了，在一家大酒店里举办婚礼，现场满地花瓣，漫天气球，主持人说着连参加过两三次婚礼的小孩儿都会背诵全文的水词儿和段子。我心想，这一次真是俗出了境界。

萧文也到场了，包了一个大红包。

我一直陪着萧文，生怕他乱来。

其实那天看着萧文看台上青青的眼神，我一直在想，两个曾经那么纯粹，为了爱而爱的人怎么会走到今天这一步；如果当初他们没有结婚，是否会因为最后一点儿距离不分开，或者说相爱得更久一点儿。

婚礼上挂着胖豆和青青的婚纱照。

胖豆的脸笑开了花，青青笑得很专业。

胖豆的身材看起来就像是个棉花糖，甜不甜只有青青知道。

当晚，婚礼主持人按照流程惯例起哄让胖豆说说他们的相爱源头。胖豆撇了撇嘴，看了看青青，又看了看台下的萧文，没敢说话。青青一把抢过话筒，开始讲述起他们的故事。

"他根本就没追过我！"台下一片哗然。青青顿了顿继续说，"他只是一直暗恋我。"胖豆有些为难地挠了挠头，傻笑着。

那段故事就连我们这些最亲近的朋友都没听说过，萧文像是在听一个陌生人的故事一样，津津有味地就着故事下酒。

"那是一个冬天的晚上。我跟姐妹们聚餐，喝多了。后来，坐上最后一班地铁，结果坐反了方向，一到马路上就傻眼了。然后就是吐，吐完我更晕了。没办法我只好发微信求救，他个死胖子秒回'我来了'。然后就打着车火速出现在了我面前。那晚我们睡了。"青青等待大家惊讶的表情。

　　萧文的表情与大伙儿一样，惊讶而猎奇。我想，萧文真的不爱青青了，他们的故事早就写完了。胖豆和青青并不是故事的续集，而是一个全新的故事，在这个故事里没有萧文，青青也是另一个人了。

　　"你们猜怎么着？他个傻子，居然太着急出门忘带钥匙了，没办法我只好让他睡我家了。后来在出租车上问他，你为什么能秒回呢，就算是正在刷朋友圈，也不可能秒回吧。他说，其实是发错了。"青青继续吊着听众的胃口。

　　"把我给气的，我一把抢过他的手机，想看看他到底是在给谁发微信呢，居然还能发错了。一打开微信我才发现，他的微信里居然有两个我。一个对话框里只有两条短信，一条是我发的，一条是他回的那句'我来了'。而另一个对话框里密密麻麻都是他发给我的短信，每天都是用这么一句'我来了'开头。我就这么一条一条地看，他每天都会发一些自己的心情，还有一些自拍的视频。后来他终于坦白了，他申请了一个新的微信号，那个微信号，用我的头像，我的昵称，照搬我的动态，他每天就这么傻傻地跟这个假的微信号谈恋爱。他说，有次陪着同事去登山，他傻乎乎地一边自拍一边走，结果一脚踩空阶梯，一个狗吃屎，摔断了门牙。"

就在所有人都把这些故事当成笑谈的时候，青青哭了。她哽着喉咙继续说："他说，他没想过要追求我；他说，他没奢望过我会喜欢他。所以他就这么每天在微信里跟那个假的我说说话就满足了！可是我不满足，我删除了那个假的微信号，他居然还跟我急眼了。他说，那都是他的心血，他的日记。我说，以后我陪你，我陪你写后半辈子的日记。有朋友说，我这是感动，不是感情。所有的姐妹都不理解我，只有一个人告诉我，爱是需要感动的，一辈子那么长，在那些平淡日子里最需要的就是最真实的感动。都说平淡是真，可只有结过婚，过过平淡日子的人才会知道，平淡是针，是大头针！会刺破婚前所有的美好愿望，只剩下绝望。他让我流泪，流高兴的眼泪，我爱他，我就是要嫁给他。我不知道我嫁给他最终会不会后悔，我只知道我不嫁给他，我一定会后悔。"

萧文的眼里也有高兴的眼泪。我猜，青青所说的"只有一个人"就是他。那最像是他会说的话。平淡是针，是刺破所有美好愿望的针，这根针刺伤了上一个故事里的萧文与青青。但下一个故事也许会不一样，因为胖豆爱得那么真，因为这一次青青已经学会了爱里需要的认真。

主持人的眼里也闪烁着泪光，我分不清这是多年职业化的眼泪，还是被戳到了感动点。他对着话筒大声地问："那美丽的新娘，请问你现在觉得够幸福吗？"

青青一直没说话，吓得主持人以为自己说错了话。青青稳稳地望着正傻笑着的胖豆，突然也从心底笑了出来。她好像突然明白了什么，好像一念之间，之前发生的所有故事都变成了一场热泪盈眶的毕业，而她终于交上了最好的答卷。

"幸福是不能够问足不足够的。"她说。

十一朵玫瑰
和一朵百合

人生有三种状态是最好的，

不期而遇，

不言而喻，

不药而愈。

1.

2009 年，夏天。

9 点 40 分，我从南京回到老家，一下车就到处找卖电话充值卡的报亭。

毕竟是下班的时间了，我找遍了市中心所有的地方，也没发现哪一家报亭还开着。我心里着急，已经超时了。女友规定，每三个小时必须要报备一次。哪怕是发个短信也行，哪怕是在短信里发一个表情也行，总之必须让她明确地知道我尚苟活于世。

越着急越烦，越烦越想抽烟，所以只好在钟楼下找了一家杂货店，买了包五星红杉树。

后来的后来，这烟没了，改头换面变成了小苏烟，不过烟上还是印着五颗星。后来的后来，我的女友也没了，换了一个不需要我每隔三个小时报备的好姑娘。但这都是后话了。

我把钱递给卖烟的大爷。

大爷眼神冷峻，找钱的时候手不抖；胡楂泛白，但整整齐齐。

我接过大爷找给我的钱，感觉钱币上还有大爷的体温，大概是在裤兜里焐得太久了。

我点上一根。

大爷依旧眼神冷峻，对我说："年纪不大，烟瘾也不大，能戒就戒了吧。"

我点了点头，第二口抽得很浅很浅。

我从小就有这毛病，但凡是陌生人说的道理，总是特别容易入耳、暖心；但凡是狐朋狗友、亲人长辈说的忠言，总是特别逆耳、糟心。我把烟灭了，心想无论如何还是得打个电话给女友。不然，她说不定以为我生命垂危，然后泪眼婆娑，一夜之间嫁作他人妇了。

我跟大爷说："借个电话打。"

大爷说："真是稀奇，这年头的年轻人还打公用电话，不是都用手机了吗？"

我说："手机欠费。"

大爷说："早说啊，我这儿有充值卡。"说完从抽屉里甩出两张五十的。眼神冷峻，手也不抖。

大爷帮我刮开密码，然后用手捂住说："已经刮开了，你得买，不然不给你看。"

我说："买，肯定买。"

大爷说："五十二块一张卡。"

我说："成，两张我都要了。"

大爷说："两张是一百零四，一块也不便宜。"

我说："行，不过我打火机坏了，你能送我一个打火机吗？"
大爷爽快地递了两个打火机给我。

大爷说："这种劣质打火机不用也是走气儿，送你了。"

我充完话费，就此谢过。

临走前我问大爷："您这打火机卖多少钱一个啊？"

大爷说："有时候卖两块，有时候卖一块五，做生意是看人的，
什么人什么价。你还小，不懂其中门道。"

我心领神会，抱拳谢过。再一心算，再次谢过。

2.

　　把电话卡"吃空"之后，短信和来电通知不断，手机成了裤兜里的按摩器，"滋滋滋"地响着。直到享受完之后，我才慢慢地打开短信。凡是看到女友姓名的一律跳过，她发的大致内容都是"再不接电话你就死定了"之类的恐吓文字。我当时也想过，要是分手了，把这些内容交给法院，说不定我还能落个万元精神损失费的赔偿什么的。在整齐划一的女友姓名中间还夹着一个男人发来的短信——"晚上到了给我个电话，聚聚"。

　　是张澈发的。

　　我打了个电话给张澈，告诉他，现在兄弟有难，速速前来救援。张澈一听心领神会，便开始询问其中的注意事项。

　　电话一挂，我就直奔我家楼下的花店，买了十一朵玫瑰和一朵百合。

　　张澈打车前来接我，送我去了社区的小诊所。

　　这种社区小诊所，通常都很清闲。这年头，来小诊所的人确实少。要么是大大咧咧，不怕死的，随便百度一下就去药店配药吃了；要么就是诚惶诚恐，不去市中心大医院被大夫摸两下就不安心的。所以社区诊所基本没人。

一进诊所，值班的白大褂姐姐走了过来，看着我手上的花一脸茫然。

张澈扶着我说："这哥们儿低血糖，昏倒了，挂点儿葡萄糖吧。"

我连连点头，开始装晕。

白大褂姐姐郑重其事地给看了看，然后说："药不能随便挂。"

张澈说："再不挂他就要挂了。"

白大褂说："低血糖吃点儿糖就行了。"

张澈说："小小年纪吃出糖尿病可就不行了。"

几个回合下来，白大褂架不住半夜和人贫嘴，还是同意了。张澈盯着白大褂的胸前看，我踢了踢他。他瞥了我一眼说："我不是看胸，我是看胸前的名牌。"

我躺在单薄的躺椅上，望着头顶上250毫升的葡萄糖放下心来，是时候给她打电话了。张澈拨通了我女友的电话。

"冯娇啊，你男人进医院了，他不肯给你打电话，怕你担心。

我现在是偷偷给你打的，他睡着了……"张澈的演技是一流的，不然他也不会单身到现在。据我所知，当年他睡过的姑娘，足够他下半辈子阳痿的了，但在当时，所有人都以为他是单身。

女友匆忙赶来的时候，我是真的有些困了，张澈负责去和白大褂侃大山，替我打掩护。当然了，这也是他的理想。他的理想就是，和姑娘胡侃，睡不睡那是顺便的事儿，能侃得大家高兴才是正事儿。他说，陪姑娘聊天好比是售前服务，想要把自己推销出去不能急于推销产品本身，得用自身的服务征服顾客。要是服务到家了，那你和姑娘也就可以到家了。和姑娘睡觉呢，属于顾客不但买了你的账，接受了你推销的东西，还和你成了朋友，彼此交心，偶尔你业绩上不去，她也愿意自掏腰包帮你冲冲业绩。

对于张澈的营销理论，我一直深感佩服，但始终没法儿实际使用，因为我是个和姑娘聊天聊不出五句就会犯困的人。我一直觉得姑娘的声线只适合用来说睡前的情话，一旦说点儿什么正经的，就容易让我感觉是小学班主任在给学生洗脑。

女友摸了摸我的额头说："好像不太烧了。"

我说："没事儿，就是低血糖，昏倒了。赶着回来看你，手忙脚乱，没吃饭。"

女友说："傻，你以后肯定老年痴呆。"

我说："就是就是，老年痴呆就是，老了就黏着你，痴痴地和你待在一起。"

女友听后努力忍住笑意，就在她快要忍住笑意的时候，我拿出了藏在躺椅下的花。

女友笑了，又有点儿像哭。她抱住我，我享受着她的拥抱，看着 250 毫升的葡萄糖已经溜走了一半儿，一滴一滴地进入我的血液，一滴一滴地也好像在记录着她拥抱我的时刻，那么漫长，那么安稳。

女友笑着问我："为什么有玫瑰，还有百合？"

我说："你猜。"

女友又笑着说："十一朵玫瑰我懂，一生一世嘛！可多出来的一朵百合呢？"

我说："十一朵玫瑰是一生一世，加上一朵百合就是十二，十二代表'要爱'到百年好合啊。"

女友再次忍住笑意，再次没憋住。

她的笑仿佛在说，病是装的吧！

我使了个眼色说，装得还像吧！

此时张澈过来使了个眼色，示意差不多了。

我看了看葡萄糖也差不多挂完了。

白大褂过来帮我拔了针。

3.

几天后，张澈约我到他家附近的馆子。他神情涣散，顶着一张醉卧沙场君莫笑的脸。

"你说，什么是爱情？"我故意闲扯一个话题。

"两个人遇上了。"他一点儿不含糊。

"那什么是激情？"我继续开路。

"把'遇'字去掉，两个人上了！"他又一下封上。

"什么是多情？"

"两个以上的人遇上了！"

"那什么是滥情？"

"不停地遇上。"

"我和白大褂分手了。"张澈说。

"你们什么时候牵手的？"我说。

"那晚帮你拔针头之前。"

"怪不得，她拔针头的手法比扎针的时候温柔多了。"

"你那天干吗要多买一朵百合？"张澈话锋一转。

"加上百合一共十二朵，代表要爱到百年好合啊。"

"狗屁。"

"我和她也分了。"

"狗屁！"

"真的。"

"为什么分？"

"彼此突然发觉，牵手变成了牵绊，优点变成了忧患。"

"说人话！"

"她嫌我太贪玩儿，我烦她太爱管。"

他说："花总是要谢的。"

我说："不过我想谢谢卖花的人。"

他说："瞧这苗头，花还会再开啊。"

我回想起这辈子第一次冲进花店的情景。

"给我包十一朵玫瑰！"

"好！"

"你这百合都快蔫了。"

"是啊，买百合的人少。"

"我挺喜欢百合的，不过女人喜欢玫瑰。"

"那这朵百合送你了。"

"那太好了，以后我都在你这儿买花。"

"来，给你张名片。以后要花打电话，提前订有优惠，也帮忙送。"

"你叫冯娇？"

"嗯。"

"你这名字比你卖的花还娇呢。"

"……你女友真幸福，这么大半夜还能收到你送的花。"

"才不是，这花是我替我哥们儿买来救场的。我还没女友呢。"

"那你有没有幻想过，你和你未来的女友会是怎么认识的？"

我双手一摊说："就是这么认识的！"

4.

人生有三种状态是最好的，不期而遇，不言而喻，不药而愈。这三种状态我都在冯娇的身上找到了。

我知道花会枯萎凋谢，但只要等待，不急着离开，细心灌溉，花就一定会再开。

那一份爱经历了等待，没有怀疑过未来，没有闪过一丝念头要分开。只要耐心地等，等心底最诚实的答案，等时间把谜底揭开，一切温热的喜欢、坚韧的纠缠都会卷土重来。

冷
男

如果你想找一个暖男，

那抱歉，

你现在就可以起身走了。

1.

"你好，你挺漂亮的，不过我不是贪脸蛋儿的男人。我直接说了吧！我没车没钱没房，没上进心，没责任心。花心是有的，不过我不会乱来，这点你大可放心。我不爱假了吧唧的，人都是喜新厌旧的，当然也有喜新念旧的，我就挺念旧的。不好意思，说偏了。其实我想说的是，如果你想找一个暖男，那抱歉，你现在就可以起身走了，我绝对不是一个暖男。换句话说，我是一个标准的冷男。你可以查查字典，看看冷的意思，基本上就是温度低；寂静，不热闹；生僻；不热情，不温和；不受欢迎的，没有人过问的。你肯定会问，温度低是怎么回事儿，我告诉你吧，我这辈子就没发过高烧，我都是低烧；而且我平常体温都维持在 35℃到 36℃，无论冬夏，手脚冰凉。所以你想找一个能冬天给你暖手的人，你现在就可以起身走了。还有还有，我不太着急结婚，就算结婚也绝对不要小孩。你在听吗？"

说完这些话，叶开就很舒坦地靠在椅背上喝起酒来。夏天的烤肉店里虽然开着空调，但还是挺热的，不过叶开一点儿汗都没出，看来他确实是一个冷男。这已经是邵琳第六回相亲了，不过叶开这样的男人她还是头一回见到。邵琳并不反感叶开这样的开场白，反而有点儿好奇这到底是一个怎样的人。

"你好像很讨厌暖男。"邵琳说。

"讨厌谈不上，反正看不上。"叶开说。

"为什么看不上？说说看。"邵琳愈发好奇了。

"暖男，听起来挺暖的，其实我觉得就是闷骚呢。不就是一个长得帅一点儿的备胎么！看起来是妇女之友，其实是饿狼装狗，一直在伺机而动呢！"叶开突然觉得话说多了，摇了摇头冷笑了一声。

"不错，分析得挺透彻的。"邵琳给自己也倒了一杯啤酒。

"而且暖男可不好当。这暖男啊，必须有钱，虽然同样是做着燃烧自己照亮别人、温暖别人的事儿，这有钱和没钱还是有巨大区别的。有钱的暖男是太阳；没钱的就只能做根蜡烛，甚至只是火柴了，烧完了，别人还没觉着暖呢，他自己就先完了，这可就不好玩儿了。"叶开继续发表着他对暖男的真知灼见。

邵琳已经是三十七岁的女人了，见过的男人也不少，但会这样说话的还是头一个。他并不是愤青，说起话来一气呵成，但又透着冷冷淡淡、懒懒洋洋的口吻，好像点兵点将、封完神榜之后天下都与他无关似的。

　　"你这么坦白，我也就坦白说了吧！我不小了，介绍人跟你说我也就三十多吧，其实我已经快四十了，我三十七岁了。我没结过婚，我真是不在意结不结，生孩子嘛，我这个年纪了，不指望，有最好，没有也没所谓。别看我年纪大了，其实我一直没长大，属于老傻妞的类型，大少女。"邵琳说着说着脸就红了。

　　"对，结婚又不是填空，不是随便填满就能成功。你知道，错误的答案是不会得分的。"

2.

　　烤肉店里坐满了十六七岁的少男少女，剩下的就是一些小夫妻。虽然同样是一桌男女，但气氛可大有不同。刚见面的男女通常话不多，你一言，我一语，张弛有度，有条不紊，像是打兵乓球的两个人，谁也不愿意飞过来的球砸在自己手里。而热恋的可就不同了，你侬我侬，眼神里透露着恨不得现在就放下筷子吃了对方的感觉。可交往超过一定时间，用餐的氛围就会转成老夫老妻的感觉，基本上除了吃以外，很少刻意说话，没人愿意再发球与接球，彼此之间也没了那种想要吃掉对方的感觉，相比之下，食物倒是显得更加秀色可餐。

　　在埋单方面也能看出区别。恋爱的时候大多数男方会抢着埋；而婚后，基本上都是老婆去付账。

　　"一喝酒就脸红的人肝不好，你还是喝点儿水吧。"叶开说。

　　"水越喝越寒，酒越喝越暖。"邵琳说。

　　"呸，你喝的是啤酒，啤酒是凉性的，暖个蛋啊！"叶开说着招手跟服务生要了杯热水。

　　"你三十来岁吧。"邵琳问。

　　"二十九。"叶开说。

邵琳叹了口气，望了望还没烤的生肉。

"你放心，我不嫌你老，你也别嫌我小。我觉得你挺漂亮的，虽然我不贪这个，但是人嘛，总是喜欢漂亮的，我挺喜欢你的。"叶开说完，脸也有点儿红了。

"这是我们第一次见面，这么说，你对我是一见钟情喽？"邵琳像是在逗小孩儿一样的口吻。

"狗屁，才不是呢！一见钟情必须是双方的一拍即合，否则那就是发情！"叶开皱了皱眉。

"是一见钟情，因为我也挺喜欢你的。"

3.

二十九岁的冷男和三十七岁的少女。

故事就是这样开始的。

叶开成了邵琳的小男友，邵琳成了叶开的大傻妞。

邵琳无条件地爱着叶开，说爱太重太笼统了，应该具体一点儿说，邵琳无条件地疼着叶开。叶开专注地陪邵琳谈这样一场相差八年的爱情，陪吃饭，陪散步，陪着邵琳做一切她爱做的事情。每一次陪伴都是专注而松弛的。两人的相处很缓慢，相较于整个快节奏的世界来说，他们更像是在两人之间成立了一个独立国。聊天的时候安宁而融洽，不聊天的时候也不觉得冷清。

邵琳身边的姐妹都说叶开不是好人，还是给邵琳推荐绝世暖男。而邵琳坚持就要和叶开在一起，其他人都是多余的，都是不对的。但姐妹们依旧不依不饶，直到发生了那件事之后，姐妹们都同意冷男胜过暖男。

"对不起，对不起，我也是今天才知道的。真的不是我让她们这么做的，她们是开玩笑的。你别在意，对不起，我从没怀疑过你。"邵琳站在叶开的面前,叶开正在厨房腌制红酒鸭胸。

"什么事儿?"叶开抬起头问。

"前几天,我的几个小姐妹联合起来试探你,给你发微信,后来还……"邵琳说。

"哦,这关我们什么事儿,我们过我们的,随她们呗。你快过来看看,鸭胸要不要再划两刀,我怕腌得不够味儿。"叶开只关心他们的晚餐。

邵琳没再提那件事儿,叶开很专注地做晚餐,专注地吃完,专注地看着邵琳一口一口吃完。

几天前,午餐时间。

"邵琳,我们现在非常确定,你的冷男是个好人。不过你别怪我们,我们也是为了你好,只是稍稍试探了一下。这件事儿是姐妹们投票通过的。"

"你们做了什么?"

"我偷看了你的手机,然后申请了一个微信号,头像、朋友圈都准备了不少漂亮姑娘的照片。之后加了他的微信,一开始加了好几次都加不上,后来终于加上了。一加上就等待他的回复,结果一直没消息。然后我就发了一张自拍过去，可性感了。结果你猜怎么着，他居然早就把我拉黑了。"

"你们真无聊。"

"这还不算完，后来我们让最年轻貌美的小青出马。那次他送你回家后，小青就穿着短裙故意装醉，想要倒在他怀里，结果他身手那叫一个敏捷啊，一下子就避开了，小青直直地摔在了地上。小青继续跟上去问他，愿不愿意请她去喝一杯。结果……你那冷男果真是够冷的，他直接说，他是同性恋，然后就走了。"

"你们实在太无聊了。"

"总之，我们现在明白了，冷男就是冷男，对其他女人冷，只对你热。这才是真暖啊。"

"你们真是超级无聊。"

4.

　　日子过得越来越安稳，虽然是相差八岁的姐弟恋，却因为叶开的冷男事迹而得到了亲朋好友之间破天荒的祝福与羡慕。

　　几个月后，叶开对邵琳说："要不我们结婚吧。我不想办婚礼，也不想要孩子，就跟你简简单单地和父母家人一起吃个饭，再请朋友们吃个饭，让双方家人都放心，你觉得好不好？"

　　邵琳笑了，笑进了心里。

　　虽然没有甜言蜜语，虽然没有鲜花戒指，虽然没有轰烈告白，虽然没有深情拥吻，但就是简单的一句"要不我们结婚吧，你觉得好不好"，就准确无比地暖进了心坎儿里。她感觉到心里缺失了三十七年的那一块，今天终于被填满了。从此以后，她就不再是一个人；从此以后，他们两个人就是一个人。这份迟来的爱，那么诱人，那么动人，那么精准，精准到一下子就击中了她的灵魂，一瞬间就圈住了她自以为已经因过期而下架的青春。

5.

"明儿就要登记结婚了，我今晚去跟朋友们聚聚，你要不要一起来？"叶开说。

"不了，我也去找我的姐妹们聚聚。"邵琳说。

那晚邵琳在姐妹家喝多了，在回去的路上隐约看到了两个喝多的男人在街上边吐边哭。

那个正在哭的男人大声地喊："即使你结婚了，我也不会放过你的。我爱你，我等你！"

那个正在吐的男人穿了一件和叶开同款的淡蓝色衬衫。

年轻的爱，
是个善良的哑巴

就算明知自己只是他生命里的流星，

我也会拼尽全力去爱。

只为了一个目的。

那目的就像歌里唱的那样，

"我想知道流星能飞多久"。

1.

其实我除了爱你，也希望你爱我
我努力准备丰盛的自己
就是为了有一天可以自然地站在你的身边
沉默着欢喜

在认识李烈以前，我还是一个任性的孩子；而在认识李烈之后，我变成了一个超有韧性的孩子。没错，还是一个孩子，因为爱，所以还是希望被宠爱。因为爱，所以我对他有着无限多的崇拜。

当然，故事还是要从遇到李烈之前说起。那年，我还是一个信奉物质大过爱情的现实主义少女。每当别人问我爱情和面包哪一个重要时，我都会回答"面包"！道理很简单，再差的面包都可以吃，可再好的爱情只会让你犯花痴。

在一个奇妙的日子里，我遇上了我的面包。
他是银行高管，收入颇丰，只是年纪稍长。
那年他三十九岁，那年我还没活到他的二分之一。
因为工作的缘故，他总是东奔西走，常常出差。

而我对他的爱只剩下等待，我能做的就是继续忍耐。

每次我等到的都是一笔钱，而不是他的时间。

可那些钱，我从没收过。

有一次在和朋友聊天的过程里，朋友骂我傻："既然都跟了他了，你又不是小三，干吗不收下那些钱，又不是偷、抢、骗。"

我只是笑笑。

朋友说我变了，不再是信奉物质的现实主义少女了。

其实我没变。

我所谓的宁愿要面包的爱情观，只是一种安全感，我需要我的伴侣富有，无论是精神上还是物质上，那种富有会让我的内心宽松，格局开阔。我要的是那种从生活细节里透露出的安全感。我要的不是钱，是他挣钱以外的时间。

朋友说，你要的太多了。

但，我觉得我要的都是我应得的，是一个正常女生应该也必须获得的。所以，我无法忍受他的冷漠与距离。

不久，我们就分道扬镳了。

2.

刚分开，我就在一次酒局里听说他是个"老饕"。

我还傻傻地问："'老饕'是什么？"

一桌人大笑，一半醉的姐们儿解释："'老饕'就是特别爱吃，也特别会吃的人。饕餮懂吗？是一种神兽哦。"

另一个姐们儿打断："神兽？是禽兽吧！"

一个男生站起来说："别胡扯了，饕餮盛宴，饕餮之徒，听说过吗？说白了，他就是一个吃家！你明白吗？"

我居然还反问："那就是说他特会吃？"

那男生说："这里吃的意思，其实是嫖。"

一瞬间，我就觉得一切都不对了。有一股异味钻进了我的胸腔里，我深呼吸，努力使自己平静。他们有些人已经推杯换盏开始了别的话题，有些人还在聊"老饕"的由来。我隐隐约约听到他们说，他因为常常出差的缘故，所以总有机会在酒店过夜，所以成为"老饕"也是必然的，男人都会这样的。

此时，刚刚给我解释"老饕"的男生说："谁说的，会那样的，都是垃圾。"

胸腔里的异味刚被我压下去，可听见"垃圾"两个字，我还是忍不住吐了，全吐在他的鞋子上了。

很明显，我喝多了。不太明显的是，我可能喜欢这男生了。但当时的我并没有想过，他就是后来让我痛苦、难熬、焦躁、自卑的人，亲爱的人，最亲最爱的人。他就是李烈。

我记得那晚风很大，李烈把我送到街口，拦了一辆的士送我回家，但他并没有上车。他付了车钱，就走了。

到家后，我通过朋友问到了李烈的电话。我用电话号码试图搜索他的微信，来回加了几遍他都没有回应。直到我自报家门，他才通过了好友验证。我问他，为什么不直接送我回家？他说，因为和我不熟。我问，那就不怕我被司机拐卖了么？他说，他用手机拍下了司机的车牌和证件。

那一刻，我觉得他是一个周到、礼貌得恰到好处的好人，一个值得被喜欢的好人。

3.

那晚我们聊了很多。

他说他爱玩儿吉他，爱喝扎啤、吃皮皮虾。

我说我爱日本料理，爱民谣，爱睡懒觉。

那晚的微信对话框就像是一条清澈的小溪，小溪里满是活蹦乱跳的小鱼小虾，没有一只想要上岸，它们欢快地在这对话框里来回舞蹈，那么纯净，那么纯粹。

李烈的身上拥有着被年轻姑娘喜欢的所有特质，他年轻，他穷，他一无所有，他不顾一切。他简单，他热爱摇滚，他总是有种邋遢帅，那是一种不矫情的傻范儿。他贫嘴，爱自嘲，他说，他喜欢短发姑娘。这么巧，那年，我短发。

4.

　　年轻的我幻想过无数次向心爱的男生撒娇的场景，但在遇到李烈以前我从未遇到过能唤起我撒娇冲动的男生，因为我知道撒娇是一种确认过灵魂后的放肆互动。第一次试图跟李烈撒娇的时候，我看到李烈的眼神里闪过一丝不自然的笑。从那以后，我知道他并不喜欢撒娇的女生。从那以后，我决定要做一个他喜欢的女生，被他喜欢的女生，值得被他喜欢的女生。

　　所以啊，爱情里哪有那么多巧合，多的是巧妙的迎合吧！

　　我在微信里给李烈唱了一首《灰姑娘》。
　　李烈回了一首《流星》。
　　当时我以为我就是他的灰姑娘。
　　后来我才明白，我只是他夜空里的一颗流星。
　　可那时的我，顾不了那么多，就算明知自己只是他生命里的流星，我也会拼尽全力去爱，只为了一个目的。那目的就像歌里唱的那样，"我想知道流星能飞多久"。

5.

　　和李烈在一起后，我的一切都变了。我不再那么热爱面包，我开始想要通过某一个眼神来确认彼此的灵魂，试图触摸虚无的永恒。我就想跟着他走在夜里，走在街边，路过公园，蹲在路灯下看着他抽烟，听他说那些关于宇宙的边际和死亡的意义。我知道他也只是一知半解，可我爱听他的一知半解。

　　可那时的我从未想过他是一个很现实的人。

　　直到有一天他突然开口说："没钱，就不要见面了。"

　　我不知道他为什么要说这样的话，我不知道他是否知道这样的话有多尖锐。

　　"为什么没钱就不能见面？"

　　"可出来见面就是要花钱的啊，没钱就少见面。"

　　后来，我和他见面的次数越来越少，少到闺密都以为我恢复了单身，少到我以为自己正在进行一场远距离的恋爱。

　　大多数时候，我都向他的朋友打听他的消息，但所有人都说不知道。

　　我怎么打电话给他，他都不接。接了也只是说有事儿在忙。

我怀疑他有事儿瞒着我，但我从未怀疑他背叛我。

　　因为他从来都是有话直说的人。他常常在路上看到长腿美女就扭头对我说："我就喜欢那样的，多酷啊！"也常常会说："你穿这衣服真难看，你穿不出那种风格！"虽然听着都刺耳，但我愿意接受他的直接，因为起码他不是那种为了哄你上床而惺惺作态的男人。这就足够了。

　　一生中能遇到一个对你诚实的恋人，是多么不容易的一件事儿。

6.

　　终于有一天，他的一个哥们儿心软告诉了我，他其实一直躲在几个哥们儿合租的地下室里练琴。

　　那是我最后一次看他练琴。

　　从那以后，我就再也没有看到过他的吉他。

　　"为什么不接电话？"

　　"接了又怎样？"

　　"至少让我知道你还活着啊！"

　　"嗯，我活着，活得好好的，你看到了。"

　　"好，你活得好，好到让我快心死了！"这句话我没说出口，我拔腿就跑。

　　我不敢再多说一句。我害怕只要多一句，我们就会在一言一语里来来回回反反复复地互相伤害。

　　那不是我要的结果，那也不是我能承受的。

　　半个月后，他带我去了一家日本料理店吃饭。

　　那天我很开心，不是因为日本料理，而是因为他记得。他还记得我们第一次在微信里聊天时说过的话，还记得那条小溪里曾活蹦乱跳的小鱼小虾。

他喝了一口清酒说，他要去工作了，他不喜欢我了，他不玩儿乐队了，他要成为一个成功的商人。可他并不知道对我说的这些话有多伤人。小鱼小虾瞬间都死了，随着水流漂向了最黑暗的旋涡里。

我没问原因，我不敢问原因。我低头喝了一口清酒，然后又一口。

他说："别喝了。第一次见你，你就喝多了，吐了我一脚的脏东西。"

我说："这次不会了，上次你坐我旁边，这次你坐我对面。"

两个完全不同的位置，两种完全不同的关系。

坐我旁边的那次，彼此还是陌生人。面对面的这次，我们又将回到陌生人。

你看，缘分是件多滑稽的事情！

他点了一根烟，服务生过来制止。他灭了烟，直接走了出去。

我给了服务生一个更加充满歉意的微笑，而我的眼神里写满了大事不妙。

7.

　　那晚，"老饕"给我打了一个电话，他问我还愿不愿意回到他的身边，然后说了那最珍贵，但从他嘴里说出来最廉价的三个字"我爱你"。我也压着沮丧的心情，温柔地回了那三个字——"你妈的！"

　　河流不会停歇，时间顺应季节。那些曾如小鱼小虾般鲜活的聊天记录被我定格，冰封在手机的内存卡里。我知道李烈这条河，我是蹚不过去了。河水已经结冰，我只能一个人赤着脚，一步一声唏嘘地踏过去。

　　半年后，我和朋友在一个酒吧里看到李烈的几个哥们儿在那里驻唱。我礼貌性地微笑，打了个招呼。没多久他们就走下台，送了一扎啤酒过来。

　　"李烈怎么没和你们一起？"我问。

　　"他把吉他卖了——他去做销售了——帮人卖房子。"他们说。

　　"为什么啊？"我又问。

　　"小美女，活着是要花钱的。"他们说。

　　我沉默着喝酒。闪烁的灯光，打在舞台上，一个个风格各异的无名歌手走进聚光灯下，或用心或卖力地唱完一首首类似的情歌。而客人们如同一个个偷窥者躲在昏暗的舞台下，玩味音符与歌词里的故事。

他们唱了那首《流星》。我记忆里的他的模样渐渐清晰，心口的呼吸里翻涌出初遇他的浓重感受。

那晚我几乎侃遍了两三年里的所有网络段子，笑着闹着干掉了他们送的啤酒。

我心想，这是李烈最好的朋友们送的酒，喝掉它们是我唯一能做的，该做的。

这是唯一能让自己觉得距离李烈不算太远的方式。

说不定，把这些酒都咽了，我对李烈也就厌了。

那晚我才知道，其实李烈看过我的博客，那些关于"老饕"的故事。

年轻的男生，自卑是天性。更何况是这样赤裸裸的对比。

李烈与"老饕"之间并不只是穷富的差距，更多的是一穷二白与游刃有余的较量。

大概是三年之后吧，一个雨天，我在路上好像看到了李烈。

他在一辆SUV里抽烟，身边坐着一个短发姑娘。

他的脸上有了那种游刃有余的表情。

那种我讨厌的，属于"老饕"的表情。

8.

我有点儿恨他，有点儿想他，有点儿想那年的自己。

那晚，电影频道重播了一部老电影《心动》。

我看到金城武为了梁咏琪卖了吉他。

看到金城武在楼道里说："两个人在一起是要花钱的，吃饭不用花钱啊？看电影不用钱啊？"

我突然放声大笑，笑到声音都哑了，然后哭不出声音。

我窝在沙发里，如同精神病人一样地幻想着。

如果当时的我们多说一句，把话说开了，结局会不会不一样？

可是，年轻的爱就像是一个善良而执拗的哑巴，想要做好一切，努力成为更好的人，但偏偏就是不会说话。我们竭尽全力都是为了给对方最好的自己，偏偏又无法那么真实而完整地表达自己的心意。

明明吃醋是因为心底的在乎

可在乎就是注定会演变成互生闷气的孤独

明明自卑是因为害怕无法更好地付出

可付出来的偏偏是一句"各自上路"

明明那么渴望记住她的眉目

可她的眉目却在泪水里模糊，只有那些铭心刻骨被牢牢记住

午夜梦回，我总是又看见电影里那个楼梯转角的场景。

梁咏琪说："我们这样还算是在一起吗？你什么都不跟我说。"

金城武说："你是不是要分手，那就分手。要分就分得干干净净，我不要那种拖拖拉拉，不清不楚的。"